P9-ARV-388

PERDIENDO EL CONTROL

ROBYN GRADY

Editado por Harlequin Ibérica.
Una división de HarperCollins Ibérica, S.A.
Núñez de Balboa, 56
28001 Madrid

© 2012 Robyn Grady
© 2015 Harlequin Ibérica, una división de HarperCollins Ibérica, S.A.
Perdiendo el control, n.º 2077 - 9.12.15
Título original: Losing Control
Publicada originalmente por Harlequin Enterprises, Ltd.

Todos los derechos están reservados incluidos los de reproducción, total
o parcial. Esta edición ha sido publicada con autorización de Harlequin
Books S.A.
Esta es una obra de ficción. Nombres, caracteres, lugares, y situaciones
son producto de la imaginación del autor o son utilizados ficticiamente,
y cualquier parecido con personas, vivas o muertas, establecimientos
de negocios (comerciales), hechos o situaciones son pura coincidencia.
® Harlequin, Harlequin Deseo y logotipo Harlequin son marcas
registradas propiedad de Harlequin Enterprises Limited.
® y ™ son marcas registradas por Harlequin Enterprises Limited y sus
filiales, utilizadas con licencia. Las marcas que lleven ® están
registradas en la Oficina Española de Patentes y Marcas y en otros
países.
Imagen de cubierta utilizada con permiso de Harlequin Enterprises
Limited. Todos los derechos están reservados.

I.S.B.N.: 978-84-687-6644-7
Depósito legal: M-30256-2015
Impresión en CPI (Barcelona)
Fecha impresion para Argentina: 6.6.16
Distribuidor exclusivo para España: LOGISTA
Distribuidor para México: CODIPLYRSA
Distribuidores para Argentina: Interior, DGP, S.A. Alvarado 2118.
Cap. Fed./Buenos Aires y Gran Buenos Aires, VACCARO HNOS.

Capítulo Uno

Todas las miradas se alzaron y la conversación cesó cuando Cole Hunter estalló, dejando escapar un gruñido. No iba a disculparse. No soportaba que le mantuvieran al margen, sobre todo cuando el engaño tenía que ver con el hombre al que más respetaba en el mundo.

En otra época el padre de Cole había sido un motor corporativo, un líder al que todos admiraban y al que a veces temían. Las cosas habían cambiado. Guthrie Hunter se había ablandado con los años y la responsabilidad de dirigir Hunter Enterprises había caído sobre los hombros de Cole. Primogénito de cuatro hermanos, era la persona en la que la familia se apoyaba cuando había una crisis, en Sídney, o en cualquiera de las otras sedes que la empresa tenía en Los Ángeles y en Nueva York.

Cole no quería pensar en el problema de Seattle.

La recepcionista de su padre se puso en pie. Cole la hizo volver a su asiento con una mirada enérgica y entonces fue hacia las colosales puertas que llevaban el flamante emblema de Hunter Enterprises. ¿Cómo iba a hacer que las cosas funcionaran si no le mantenían bien informado? No podía arreglar aquello que desconocía.

Atravesó las puertas. Al volverse para cerrarlas su mirada recayó en las tres personas boquiabiertas que esperaban en la recepción. Uno de ellos era una mujer con unos enormes ojos azules y el cabello liso. Su rostro era pura curiosidad. El pulso se le aceleró un instante y entonces recuperó la cadencia furiosa. El trabajo en la producción televisiva le ponía en contacto con mujeres preciosas todos los días, pero la madera de estrella era difícil de encontrar. Esa mujer la tenía a raudales. Seguramente iba a hacer un casting para un programa. Debía de ser un proyecto especial, si Guthrie Hunter iba a realizar la entrevista él mismo.

Otra cosa de la que no sabía nada…

Apretando la mandíbula, Cole cerró dando un portazo y se volvió hacia el escritorio de madera noble. Innumerables premios rutilantes cubrían la pared de detrás. Siempre habían estado ahí, desde antes de que él naciera. Impertérrito, un hombre canoso hablaba por teléfono, sentado frente al escritorio. Las fuentes de Cole le habían informado de que habían pasado tres horas desde el segundo atentado contra la vida de su padre. Guthrie debía de estarse preguntando por qué había tardado tanto su primogénito.

Parándose en el medio del enorme despacho, Cole cerró los puños.

—Sea quien sea el responsable, se pudrirá en una cárcel por el resto de su vida. Por Dios, papá, ha habido disparos. Este tipo no va a parar.

Guthrie murmuró unas palabras de despedida por el auricular y colgó. Miró a su hijo y entonces levantó la barbilla.

—Lo tengo todo bajo control.

—Igual que el mes pasado, ¿no?, cuando te sacaron de la carretera.

—Las autoridades concluyeron que fue un accidente.

Cole miró al techo.

—La matrícula era de un coche robado.

—Pero eso no quiere decir que hayan intentado atentar contra mi vida.

—Bueno, pues te diré lo que sí significa: guardaespaldas hasta que esto se solucione. Y no quiero oír nada más al respecto.

El dueño de Hunter Enterprises, de sesenta y dos años de edad, apoyó las palmas de las manos sobre el escritorio y se puso en pie con la agilidad de un treintañero.

—Te alegrará saber que ya tengo uno. Y también es detective privado.

Cole soltó el aliento, aliviado.

—¿En qué estabas pensando? ¿Cómo has podido ocultarme esto?

—Hijo, acabo de llegar —rodeando el escritorio, Guthrie le puso una mano en el brazo a su hijo—. Ya tienes bastantes cosas de las que preocuparte. Como te he dicho antes, todo está bajo control.

Cole hizo una mueca. Su padre se estaba engañando a sí mismo.

Cuatro años antes, mientras su padre se recuperaba de una cirugía de *bypass*, el imperio de la familia había sido dividido y cada uno de los hijos había quedado a cargo de una sección. Cole, que entonces tenía treinta años, se había responsabilizado de la televisión por cable australiana y de los derechos de emisión. Cuando no iba detrás de alguna falda, Dex, el hermano mediano, se ocupaba de la productora de cine, localizada en Los Ángeles. Wynn, el benjamín consentido de los chicos Hunter y fruto del primer matrimonio de Guthrie, se encargaba de la sección de prensa de Nueva York; y Teagan, hermana de padre y madre de Cole, hacía lo propio en Washington State.

Al principio Cole se había enfurecido al ver que la «niña de papá» eludía sus responsabilidades negándose a ponerse al frente del negocio. Hunter Enterprises les había dado todo lo que tenían, incluyendo las operaciones de Teagan en la infancia y los vestidos de firma durante la universidad. Su papel, no obstante, no tenía que ser más que secundario, ya que la responsabilidad mayor recaía en los tres varones. Y Cole no podía sino estar agradecido de que la malcriada de los Hunter hubiera abandonado al final. Ya pasaba demasiado tiempo vigilando a sus hermanos y preocupándose por sus respectivos negocios y decisiones personales.

No era que no quisiera a sus hermanos. Nada podría cambiar el cariño que sentía por ellos. Habían tenido una madre maravillosa, una belleza de Georgia llena de talento que siempre decía con orgullo que Wynn y él habían nacido en Atlanta. Los hermanos Hunter solo se llevaban dos años y siempre habían sido uña y carne, pero gracias a la prensa amarilla y a la red todo el mundo estaba al tanto de las disputas que convertían en un desafío la ingente labor de llevar el timón de un imperio corporativo fraccionado. Los excesos de Dex y la debilidad de Wynn le habían pasado factura a la imagen de la corporación, y Cole estaba decidido a tomar las riendas de Hunter Enterprises a toda costa.

Guthrie quería que sus hijos limaran asperezas y siguieran trabajando juntos, pero eso se había convertido en una misión imposible. El dueño del imperio Hunter se había casado por segunda vez con una arpía calcula-

dora y jugar a la familia feliz suponía cada vez más esfuerzo.

Apartándose de su padre, Cole contempló los ferris
que surcaban las aguas azules del puerto de Sídney.

—Me gustaría hablar con Brandon Powell y organizar la protección durante veinticuatro horas.

—Sé que Brandon y tú sois amigos desde hace años,
y su empresa de seguridad es una de las mejores. No es
que no haya pensado en ello, pero, francamente, necesito a alguien a quien le quede claro quién paga la factura.

Cole se giró de golpe.

—Si estás sugiriendo que Brandon sería capaz de ac-
tuar de una forma poco profesional…

—Estoy diciendo que tú estarías encima de él todo el
tiempo y al final se divulgarían todos mis movimientos, todo lo que pasa bajo el techo de mi casa, y eso no
es una opción. Sé que no te cae bien Eloise pero…
Hijo, mi esposa me hace feliz.

—¿Igual que mi madre?

—Tal feliz como espero que seas alguna vez cuando
encuentres a alguien que de verdad te importe.

Cole se negaba a ver el brillo de las lágrimas en los
ojos de su padre, y tampoco quería reconocer el peso
incómodo que sentía en el pecho. Se dio media vuelta
y caminó hasta las enormes puertas. La lujuria y el
amor eran dos cosas distintas. Un hombre de la edad de
su padre debería haber tenido muy clara la diferencia.

Casualmente, la primera cosa que llamó la atención
de Cole cuando regresó a la recepción fue la rubia que
parecía tener madera de estrella, con sus piernas largas
y sus labios protuberantes. ¿Qué hombre con sangre en

las venas hubiera dejado pasar la oportunidad de tener esas curvas cerca?

Pero eso no era más que algo sexual, pura lujuria. Cole esperaba encontrar a la mujer adecuada algún día, alguien a quien respetar y que le devolviera ese mismo respeto. Su madrastra no conocía el significado de esa palabra. De hecho, no le hubiera sorprendido en absoluto que hubiera estado detrás de esas balas.

Aunque su padre hubiera zanjado el tema, iba a hablar con Brandon Powell de todos modos.

Cole parpadeó rápidamente y apartó la mirada de esa llamativa rubia de ojos azules. Su padre le observaba con las cejas alzadas.

—Veo que ya conoces a nuestra nueva productora, Taryn Quinn.

Cole se quedó estupefacto. ¿Productora? ¿La chica iba a estar detrás de las cámaras y no delante de ellas? Volvió a examinar a la joven. Ella le atravesaba con la mirada.

Se aclaró la garganta. Daba igual que fuera productora o una nueva promesa. Si su padre no le había consultado nada antes, entonces no podría hacer más que ofrecerle un escueto saludo. Tenía una reunión a la que asistir y muchos documentos importantes que revisar.

—Encantado de conocerla, señorita Quinn —dijo con prisa, listo para seguir su camino.

La joven ya se había puesto en pie, no obstante, extendiéndole la mano. La luz que se reflejaba en sus ojos pareció multiplicarse por mil. Cole no podía negar que sentía el calor de esa sonrisa en los huesos.

—Usted debe de ser Cole —dijo ella al tiempo que Cole le apretaba la mano.

Una sutil corriente eléctrica le subió por el brazo y, a pesar de su mal humor, se vio asaltado por una sonrisa.

—¿Entonces es productora, señorita Quinn?

—Para un programa que aprobé la semana pasada —dijo Guthrie de repente al tiempo que la señorita Quinn bajaba la mano—. No he tenido tiempo de hablar contigo todavía.

—¿Qué clase de programa?

—Es un programa de destinos turísticos.

Por el rabillo del ojo Cole vio que su padre jugueteaba con la pulsera de platino de su reloj, tal y como hacía siempre que estaba incómodo. Y no era de extrañar que lo estuviera. La última serie de destinos turísticos de Hunter Broadcasting había tenido una muerte rápida y bien merecida. En tiempos de crisis, lo último que necesitaban los espectadores era otro programa más de «mejores destinos». Además, los presupuestos de esa clase de proyectos siempre eran desorbitados y los patrocinadores intentaban bajar los costes de todas las formas posibles. A pesar de su deslumbrante encanto, Cole no hubiera dudado ni un segundo en rechazar la propuesta de la señorita Quinn si le hubieran dado oportunidad de decidir. Otro desastre más que tendría que arreglar...

La recepcionista de Guthrie les interrumpió en ese momento.

—Señor Hunter, me pidió que le avisara si llamaba Rod Walker, de Hallowed Productions.

Pensativo, Guthrie se tocó la barbilla antes de regresar a su despacho. Se detuvo un instante bajo el umbral.

—Taryn, hablamos después. Mientras tanto... —miró

a su hijo–. Cole, le he dado a la señorita Quinn el despacho que está al lado del de Roman Lyons. Hazme un favor.

Cole se metió las manos en los bolsillos para esconder los puños cerrados.

–Tengo una reunión...

–Primero acompaña a la señorita Quinn a su despacho, por favor. Tu reunión puede esperar.

Taryn le dio las gracias a Guthrie Hunter y entonces se volvió hacia su hijo. Cole Hunter tenía el atractivo de una estrella de Hollywood.

–Su padre es un hombre muy considerado, pero si está ocupado, no le entretengo.

Al sentarse de nuevo cruzó las piernas y tomó una revista. Cole, sin embargo, se quedó allí de pie. ¿Acaso esperaba que le hiciera una reverencia antes de marcharse?

Taryn levantó la vista de la revista.

–No puedo posponer esta reunión.

–Oh, lo entiendo –le dedicó una sonrisa rápida que él no le devolvió.

–Mi padre no tardará. Rod Walker también es un hombre muy ocupado.

Taryn asintió y volvió a cruzar las piernas y fijó la mirada en la revista. El joven señor Hunter, sin embargo, miró el reloj.

–Mi invitado tiene que tomar un vuelo de vuelta a Melbourne a mediodía. No tenemos mucho tiempo.

Levantando la vista de nuevo, Taryn ladeó la cabeza y parpadeó.

–Entonces, será mejor que se dé prisa.

Cole Hunter era de lo más predecible. Ante todo, era uno de esos tipos ferozmente ambiciosos que no dejaba que nada se interpusiera en su camino. Nada era comparable a la sensación de verse en lo más alto.

Esa era una de las máximas favoritas de su tía, la mujer que la había criado.

«Invierte en ti mismo, como puedas, cuando puedas», solía decirle.

Cole cambió el peso al otro pie.

–En realidad tengo que pasar por delante del despacho que está al lado del de Roman.

Ella abrió la boca para declinar, pero él siguió adelante.

–Insisto.

Le ofreció una mano y, sabiéndose acorralada, Taryn no tuvo más remedio que aceptar.

Tal y como esperaba, volvió a sentir esa descarga que la había recorrido la primera vez que se habían tocado. La sonrisa de satisfacción disimulada que se dibujaba en los labios de Hunter le dejaba claro que él había sentido lo mismo.

Mientras caminaban hacia el ágora central del edificio, Taryn se imaginó a su tía Vi levantando las manos a modo de advertencia y sacudiendo la cabeza. Cole Hunter era uno de esos hombres que hacían encenderse todas las alarmas.

–Guthrie me hubiera dicho que íbamos a trabajar juntos.

Cole no se llevó ninguna sorpresa al ver que su comentario no recibía respuesta alguna. Taryn Quinn era atractiva, encantadora, misteriosa… Mientras caminaban pasillo abajo, Cole no tuvo más remedio que admitir que se sentía profundamente intrigado. Y su padre lo sabía de antemano. La llamada de Rod Walker era una excusa.

Al pasar por delante de un grupo de empleados, Cole la miró de reojo. Taryn seguía mirándole como si acabara de decirle que los científicos habían demostrado que la luna estaba hecha de queso azul. A lo mejor tenía problemas de audición. Cole probó a hablar más alto.

–He dicho que mientras esté en Hunter Broadcasting, estará a mis órdenes.

–Lo siento, pero se equivoca.

Cole aflojó el paso. Miró a su alrededor. ¿Acaso era una broma y había una cámara escondida, o lo hacía adrede?

–Debe de estar al tanto de mi puesto aquí. Soy el director general y el productor ejecutivo, y es así para todos los programas que produce la empresa. Yo doy el visto bueno a los presupuestos, a los acuerdos con patrocinadores y a los proyectos.

Taryn arqueó las cejas.

–Guthrie y yo hemos discutido todo eso. Yo trabajaré directamente para él.

Cole ni se molestó en esconder la media sonrisa. No le gustaba ejercer la crueldad gratuita, pero iba a disfrutar poniendo a la señorita Quinn en su sitio.

Fuera lo que fuera lo que Guthrie le hubiera dicho, su padre llevaba años sin implicarse a esos niveles en la gestión de Hunter Enterprises, aunque a lo mejor era conveniente mirar el asunto desde otra perspectiva.

¿Qué había hecho Taryn Quinn para acercarse tanto a su padre? ¿Qué le había dicho? ¿Cómo de cercana podía ser su relación? Una docena de preguntas acudieron a su cabeza de repente. ¿De dónde había salido? ¿Acaso sabría algo de los intentos de asesinato?

Más adelante, Roman Lyons, el rey de la comedia, acababa de salir de su despacho. Iba silbando esa cancioncilla que canturreaba siempre y que tanto incomodaba a Cole. Años antes habían tenido un desacuerdo respecto a la dirección de un programa y Cole le había rescindido el contrato. Guthrie le había convencido para que le diera una segunda oportunidad. Después de dos años, Cole no podía negar que el inglés había hecho un buen trabajo. Incluso había tomado las riendas de Hunter Enterprises en su ausencia en un par de ocasiones. Jamás serían los mejores amigos, no obstante.

Lyons le saludó cordialmente, pero su mirada se clavó en la joven que le acompañaba. A juzgar por la intensa expresión que adquirieron sus ojos oscuros y velados, cualquiera hubiera dicho que la conocía.

—Tiene que ser la chica nueva. Taryn, ¿no? —Lyons le ofreció una mano, guiñando un ojo al mismo tiempo—. Las noticias vuelan.

Cole sacó la barbilla. Las noticias volaban, pero no para él.

—Gracias por la bienvenida —dijo Taryn—. ¿Usted es…?

—Roman Lyons.

—Parece que vamos a ser vecinos, señor Lyons. Mi despacho estará junto al suyo.

—Iba a por una taza de té. ¿Le apetece?

El rostro de Taryn se iluminó.

—Me muero por un café.

13

–Déjeme adivinar. Cortado, con azúcar.

Cole soltó el aliento.

–Os dejo para que os conozcáis. Tengo trabajo que hacer.

–¿Con Liam Finlay? Iba hacia tu despacho hace un momento –Roman se ajustó el nudo de la corbata como si se estuviera aflojando el nudo de la horca–. No parecía muy contento, si no te importa que te lo diga.

Cole reprimió un juramento. Nunca era buena idea hacer esperar a Liam Finlay, y mucho menos ese día. Finlay era el director general de la liga de fútbol más importante de Australia. Hunter Broadcasting había tenido los derechos de retransmisión de la mayor parte de sus partidos hasta cinco años antes, momento en el que su padre y él habían tenido una disputa.

Pero ese año esos codiciados derechos estaban a la venta de nuevo. Cole había tenido que esforzarse mucho para conseguir que Finlay accediera a reunirse con él y, llegado ese momento, no podía permitirse ni un solo fallo de protocolo.

–Gracias por tomarse la molestia, señor Hunter –dijo Taryn Quinn–. A partir de ahora me las arreglo sola sin problema.

Cole sintió que una vena comenzaba a palpitarle en la sien. Tenía que acudir a la reunión, pero no había terminado con la señorita Quinn.

Roman se alejó y Taryn entró en su nuevo despacho, equipado con muebles de teca y con la última tecnología. Ella, sin embargo, fue directamente hacia los ventanales. Cole creyó oírla suspirar mientras admiraba las vistas al puerto. Su mirada recorrió esas curvas tentadoras escondidas bajo una elegante falda azul.

–¿Tiene experiencia en algo más, aparte de la producción en televisión, señorita Quinn?

–He trabajado en televisión desde que terminé la carrera de Dirección de Arte.

–Entonces debe de tener experiencia en otras áreas del sector, ¿no?

–Empecé como ayudante de producción y he ascendido poco a poco.

–¿Y mi padre…–volvió a recorrer esa falda con la mirada– resultó impresionado por su currículum?

Ella se volvió con una sonrisa firme en los labios.

–En realidad fue algo más que una buena impresión.

–Siempre hago que revisen exhaustivamente el currículum de todos mis empleados, sobre todo de los puestos directivos.

–Vaya, supongo que hay muchos esqueletos en los armarios por aquí.

Cole esbozó una media sonrisa rebosante de sarcasmo. Cruzó los brazos.

–¿Tiene alguno en el armario, señorita Quinn?

–Todos tenemos nuestros secretos, aunque no suelen interesarle a nadie.

–Tengo la sensación de que los suyos me interesarían.

Ella le miró fijamente y comenzó a caminar hacia él, moviéndose con una cadencia calculada y desafiante. Cuando estuvo lo bastante cerca como para que Cole pudiera oler su perfume, se detuvo y apoyó las manos en las caderas.

Cole soltó el aliento.

«Pobre señorita Quinn…», pensó. ¿Acaso no sabía que las novatas como ella formaban parte de su dieta diaria?

–Ya le he robado demasiado tiempo. No haga esperar a su invitado. Estoy segura de que su padre vendrá enseguida.

Cole sonrió. Podría haberse pasado todo el día jugando con ella, pero no tenía tiempo. Empujó el picaporte.

–Mi padre ha sido quien la ha contratado, pero soy yo quien maneja las cuentas, y si su programa no obtiene resultados la producción se acaba, si es que dejo que arranque.

Una sombra se cernió sobre esos ojos azules.

–Mi programa arrancará y será la sensación de la temporada. Vamos a tener una lista de invitados de primera.

–Ya hemos hecho eso.

–Vamos a escoger destinos tanto salvajes como de lujo.

–Ya está hecho.

–El presentador que tengo en mente es el más famoso del país. Ha sido votado como el más popular de Australia y tiene una larga lista de éxitos en su currículum.

Cole reparó en sus labios carnosos.

–¿Eso es lo mejor que tiene?

Cole creyó verla estremecerse.

–Tengo una copia firmada del proyecto aprobado y también un contrato en el que se fija mi sueldo.

–Un contrato que será extinguido si su piloto no es más fresco que los titulares de las noticias de mañana.

Una emoción similar al odio hizo que le brillaran los ojos.

–¿Y si le ofreciera algo que jamás ha visto antes?

Cole esbozó una sonrisa.

–Entonces, señorita Quinn, estaré encantado.

Capítulo Dos

–¿Qué le parece el comandante?

Mientras se familiarizaba con la televisión LCD de su despacho, Taryn levantó la vista. Roman Lyons había regresado con dos tazas de café humeantes. Con el mando a distancia en una mano, aceptó la taza que le ofrecía con la otra y sonrió al oír el mote que Roman utilizaba para Cole.

–Es evidente que a Cole le gusta tenerlo todo controlado.

–Y también le encanta asustar a los recién llegados.

–Parece que habla por experiencia.

–Cole tiene sus seguidores –Roman se llevó la taza a los labios y arqueó una ceja–. Y también sus enemigos.

–¿Y de qué lado está usted?

–Del lado de mantener mi trabajo. Para sobrevivir en este negocio hay que encajar bien los golpes. Pero usted ya tiene experiencia, así que eso ya lo sabe –asintió con la cabeza al ver la interferencia de la televisión y señaló el mando a distancia–. Este despacho lleva mucho tiempo vacío. La sintonizaré.

Taryn le dio el mando y observó mientras Roman sintonizaba los canales, incluyendo las trasmisiones internas. Roman Lyons tenía el atractivo inglés de Hugh Grant. Parecía amigable y servicial, y tenía sentido del humor.

17

–Cuénteme cómo ha acabado trabajando en Hunter –le dijo Roman mientras apretaba los botones.

–Estuve mucho tiempo en la anterior productora para la que trabajé –mencionó el nombre y le habló de algunos de los programas que habían producido–. El año pasado uno de los productores ejecutivos me pidió ideas para un nuevo proyecto. Estaba interesado en un par de ideas mías, pero al final decidió no llevarlo a cabo. Mientras tanto otra productora se puso en contacto conmigo.

–Hay mucho furtivo en este gremio.

–Yo decliné la oferta para una entrevista. Estaba contenta donde estaba. Pero la gerencia se enteró de que se habían puesto en contacto conmigo y cuando se filtró la información sobre un nuevo programa se cuestionó mi discreción.

Al recordar aquella escena cuando el productor ejecutivo la había increpado, Taryn se estremeció y soltó el aliento. Su jefe inmediato se había quedado atónito al ver el trato que le habían dado a su protegida, pero tenía una familia a la que mantener. Ella había insistido en dejarle al margen del asunto, por tanto.

–Esa tarde recogieron todas mis pertenencias en mi despacho y me pusieron de patitas en la calle.

Roman tomó otro mando.

–La tele no es apta para cardiacos.

–Podría haberles demandado por despido improcedente, pero preferí dejarlo pasar. Acepté el finiquito que me dieron y seguí adelante.

–¿Y qué pasó con la productora que quería ficharla?

–Ese puesto ya lo habían cubierto. Pero yo sabía que mis ideas se irían a otro sitio. Después de un par de

18

semanas en el aire, reuní el coraje suficiente para llamar aquí y solicitar una entrevista con Guthrie directamente.

Bebió un sorbo de su taza y Roman le entregó el mando.

–Bien.

–Francamente, estuve a punto de caerme de la silla cuando me dijo que viniera para una entrevista, y me quedé estupefacta cuando le dio luz verde a mi proyecto –pensativa, Taryn deslizó los dedos por el mando–. Estaba muy contenta, muy convencida de que haría un buen trabajo, pero después de conocer a Cole, me pregunto si la luz verde no va a tardar en ponerse en rojo –dejó el mando en una esquina del escritorio–. Roman, ¿puedes aclararme una cosa? –le preguntó al ejecutivo, tomándose la libertad de tutearle–. Estoy un poco confundida. ¿Qué Hunter está al mando aquí? Sé que el control de la empresa se dividió hace años entre los tres hermanos, pero yo pensaba que Guthrie seguía estando al frente de todo.

Roman frunció el entrecejo y entonces levantó una mano a modo de advertencia. Retrocedió y fue a cerrar la puerta.

–Dicen los rumores que después de la muerte de su esposa, Guthrie se vino abajo y perdió todo el fuelle. Nadie lo sabe con seguridad, pero si se hiciera una votación, la mayoría diría que cedió todo el control.

–¿Entonces eso quiere decir que Guthrie no tiene voz ni voto? ¿Por qué me ha contratado entonces?

–Guthrie se retiró durante un tiempo cuando volvió a casarse y eso le hizo recuperarse un poco. El personal de aquí estaba encantado. Era como si tuviera una segunda oportunidad y parecía que no quería malgastar ni un segundo de vida. La boda fue por todo lo alto, muy cara… y rápida.

Taryn recordaba muy bien toda la publicidad que se le había dado al evento de celebridades. La novia parecía treinta años más joven que el novio.

–Durante la entrevista, Guthrie parecía muy entusiasmado con mi proyecto.

–Entonces, ha apostado por ello.

–Pero Cole no aparta la mano de la guillotina. Me dijo que si no tengo ningún truco extraordinario que ofrecer, estoy fuera.

Roman se quedó pensativo durante unos segundos y entonces esbozó una sonrisa traviesa. Dejó su taza sobre la mesa.

–Muy bien. Necesitamos cuadernos de bocetos, rotuladores, el plan A.

Taryn parpadeó y entonces se le iluminó el rostro.

–¿Necesitamos?

–Dos cabezas piensan más que una sola. Ya sabes. ¿Qué te parece si nos sacamos algo de la manga que le sirva de bofetada a Cole Hunter? O bien le encanta o…

–O le encanta.

Taryn sacó el portátil del bolso.

–Empecemos –dijo.

Cuando Cole apretó el botón del altavoz y se dio cuenta de quién estaba al otro lado de la línea, soltó el bolígrafo y agarró el auricular. Eran casi las siete. Llevaba todo el día esperando esa llamada.

–Brandon, gracias por llamarme.

–Acabo de llegar al país –la voz de Brandon Powell, tan familiar, fluyó a través del hilo telefónico–. ¿Qué ocurre?

Cole puso al tanto a su amigo de todo lo que había ocurrido. Le contó lo del atentado contra el coche de su padre, que había tenido lugar tres semanas antes, y también le informó de los disparos de esa misma mañana.

–Quieres ponerle protección a tu padre.

–Ya ha contratado a alguien.

–Entonces no sé muy bien qué quieres que haga.

–Para empezar, quiero que vigiles a Eloise.

–¿La mujer de tu padre?

–La segunda esposa. Tengo la sensación de que puede estar detrás de ello.

–¿Estás acusando a Eloise de intento de asesinato? ¿En qué te basas?

–Me baso en que…

Cole hizo uso de esos adjetivos y sustantivos que llevaba años guardándose.

Treinta años más joven que su padre, Eloise Hunter era amiga de la familia, pero Cole había sospechado de ella desde el primer momento. Había irrumpido en la vida de su padre poco después del fallecimiento de su madre, con sus condolencias empalagosas y sus efectivos batidos de pestañas. Jamás hubiera podido imaginar que su padre pudiera fijarse en ella, pero todo había ocurrido demasiado deprisa, y cuando se hizo evidente que eran pareja, Guthrie Hunter ya estaba enganchado.

–Veo que te sigue cayendo mal tu madrastra.

–Es la hija cazafortunas de la mejor amiga de mi madre.

21

–Odio tener que decirlo, pero Guthrie es un adulto. Toma sus propias decisiones.

–Y yo tomo las mías. ¿Cuánto tardarás en organizar la vigilancia?

–Si estás seguro…

–Lo estoy.

–Dame unas horas para buscar a la persona adecuada y ponerle al tanto de todo. Pero tengo que advertirte algo: si tu padre tiene a alguien ya, es posible que llegue a enterarse de que has hecho esto a sus espaldas. Y si al final resulta que Eloise no tiene nada que ver…

Cole tamborileó sobre el escritorio.

–Me arriesgaré.

Después de acordar unos cuantos detalles, la conversación se desvió hacia otros temas. Brandon seguía disfrutando de su soltería y en pocos días iba a asistir a un reencuentro de cadetes de la Marina. Habían servido juntos en la misma unidad durante tres años.

Brandon le dijo que esperaba verle allí, pero también le aseguró que se pondría en contacto antes.

Cole colgó el auricular, cansado. El estómago comenzaba a rugirle.

Cerró el portátil y entonces reparó en algo que descansaba sobre su escritorio. Era un puzle de acero y cuerda que le había regalado su hermano Dex, basado en la leyenda del nudo gordiano. A Alejandro Magno le habían pedido que desenredara ese complicado nudo, una tarea que todos creían imposible. Pero Alejandro le había dado una vuelta de tuerca inesperada y había encontrado una solución muy sencilla. Había cortado la cuerda con su espada.

Con ese pequeño regalo Dex solo intentaba decirle

que se animara, que los problemas de la vida no tenían por qué ser tan intensos y absorbentes… Pero Cole prefería ignorar los consejos de un productor playboy que llevaba mucho tiempo sin tener ni un éxito en Hollywood. No había atajos para alcanzar el éxito, ni caminos fáciles para obtener la victoria. Cole mantenía el juguete sobre el escritorio para no olvidar su objetivo, aquello que le impedía perder el rumbo.

Se puso la chaqueta y cerró con llave el despacho. Al girarse, sin embargo, se llevó un susto de muerte. Se había topado con algo, o más bien con alguien.

Taryn Quinn estaba a unos centímetros de distancia. Su perfume olía tan fresco como a primera hora, y sus ojos seguían teniendo ese brillo incandescente.

Ella miró su maletín y entonces se fijó en la puerta que acababa de cerrar.

–¿Se va ya? –le preguntó con cierta sorpresa.

–No sabía que tenía que fichar.

–Pensaba que alguien como usted se quedaría hasta las tantas.

De repente Taryn Quinn levantó el portátil que sostenía en las manos.

–¿Acaso tiene algo preparado ya?

–Llevo todo el día trabajando en ello. Ni siquiera he parado para comer.

Cole no pudo evitar fijarse en esos labios carnosos que parecían reclamarle a cada momento.

–No es buen momento ahora –le dijo, pasando por su lado.

–Es el momento perfecto.

–Llego tarde.

–¿A qué llega tarde esta vez?

Cole se volvió.

–No tengo por qué contestar a eso.

Al ver la expresión de decepción que se apoderaba de su rostro, Cole terminó sucumbiendo a sus encantos por segunda vez en el día.

–Pero, como veo que tiene tanto interés en mostrarme lo que tiene, le doy cinco minutos.

–Cinco minutos es demasiado poco.

–Cinco minutos –puso el maletín sobre el escritorio de su secretaria y encendió la lámpara– que empiezan ya.

Taryn se quedó paralizada durante tres segundos, pero entonces apoyó su portátil por fin y se puso manos a la obra. Apretó un botón y desplegó un llamativo proyector.

Cole apoyó las manos en las caderas y ladeó la cabeza.

El efecto global no era del todo malo, pero el nombre no le convencía demasiado.

–¿Hot Spots?

–Pensamos que tenía más gancho que el nombre original.

–¿Pensamos?

–Roman y yo. Sé que suena muy provocador, pero…

–Si va a meter una procesión infinita de bares de *topless* y playas nudistas, lo siento, pero no saldrá.

–Iba a decir que es un reclamo en realidad, más que algo erótico. Déjeme enseñarle una lista provisional de enclaves que han mostrado interés y que ya se han ofrecido a cubrir todos los costes.

Taryn apretó un botón y le mostró una diapositiva de un complejo que Cole conocía, aunque no personalmente. Solo un jeque podía permitirse esos precios. Había formas mejores de gastar un millón o dos.

—Es Dubái.

Taryn asintió con una sonrisa en los ojos.

—Todos los gastos están cubiertos. Todo.

—Vaya. Pero solo es un enclave. Imagino que querrá hacer el viaje por todo el complejo y los alrededores, con lo que obtendrá un buen metraje, pero… ¿Cuál es el golpe de efecto?

Sus hombros casi se tocaban. Taryn se inclinó un poco más y, en la penumbra, esos ojos resultaron casi hipnóticos. Cole comenzó a sentir un cosquilleo en las yemas de los dedos; tan cerca estaban de su mano… Quería tocarla, atraerla hacia sí, experimentar esa calidez lo más cerca posible.

Tomando el aliento, se puso erguido. Definitivamente era el momento de marcharse.

—Lo pensaré.

—¿Sí?

Él arqueó una ceja.

—¿Qué se supone que significa eso?

—Ya ha tomado una decisión.

—Si es eso lo que cree, ¿por qué sigue aquí?

—Porque yo sí que creo que este sería un buen programa —Taryn levantó la barbilla—. Y no han sido cinco minutos.

—Ha sido suficiente.

—Pero tengo mucho más que enseñarle.

A Cole se le tensaron los tendones del cuello.

—Entonces recoja sus cosas —agarró su maletín y salió—. Se viene conmigo.

Capítulo Tres

Cuando Cole Hunter insistió en que le acompañara a cenar, Taryn sintió que la temperatura del cuerpo se le disparaba.

Con los nervios en el estómago, Taryn le acompañó fuera, agarrando el bolso de camino. Pasaron por delante de los empleados del turno de noche, enfrascados en el trabajo. Cole se despidió del encargado de seguridad uniformado, que vigilaba junto a las enormes puertas correderas de cristal. Un segundo más tarde le abrió la puerta del acompañante de un flamante deportivo italiano. Taryn tragó saliva. De repente sintió que si entraba en ese pequeño espacio oscuro, a lo mejor ya no volvía a salir.

En cuestión de segundos estaban en camino. El coche se deslizaba suavemente por las calles más lujosas de Sídney. Taryn apretó las manos sobre su regazo. Nunca se había sentido tan inquieta.

–Me muero por un chuletón.

–Jamás pensé que sería de chuletones.

–¿Usted no?

–Soy vegetariana.

–Seguro que el sitio adonde suelo ir tiene comida de esa.

–Comida de esa, para los que vivimos al límite.

Cole esbozó una sonrisa malvada.

–No quería ofender. Yo crecí en una casa dominada por hombres. El tofu y la soja no estaban dentro de nuestro vocabulario.

Taryn miró por la ventana. Le traían sin cuidado los hábitos alimentarios de Cole Hunter. Lo único que quería era conseguir que aprobara el proyecto y seguir adelante con el programa.

–Supongo que todos somos producto de lo que hemos vivido en la infancia.

–¿Y qué me cuenta de usted?

–¿Qué quiere que le diga?

–¿Hermanos?

–Soy hija única.

La carcajada de Cole Hunter reverberó en el habitáculo del coche y le hizo retumbar los huesos.

–Habrá tenido una infancia muy pacífica entonces.

–¿Pacífica? Supongo que podría decirse así.

–¿Cómo lo diría usted?

–Solitaria.

La mano de Cole titubeó un instante sobre el cambio de marchas. Redujo y se dirigió hacia un establecimiento muy elegante y caro. Un hombre con uniforme les abrió la puerta del acompañante al tiempo que un aparcacoches se hacía cargo del vehículo.

Atravesaron unas puertas blancas que daban acceso a una zona decorada en discretos tonos bronce y cereza.

Demasiado íntimo…

El maître les recibió con una cordialidad profesional.

–Me temo que no le esperábamos esta noche, señor Hunter. Su mesa de siempre no está disponible –el hombre reparó en Taryn y su sonrisa se acentuó–. Pero tenemos un balcón privado con unas vistas magníficas de la bahía.

–Suena bien –Cole tamborileó con los dedos sobre la carta encuadernada en cuero que estaba sobre el mostrador–. Y… Marco, tenéis platos para vegetarianos, ¿no?

Marco ni pestañeó.

–Tenemos una gran variedad. Nuestro chef estará encantado de preparar cualquier petición especial.

El maître les acompañó hasta una mesa rodeada por unas elegantes cortinas y con unas vistas maravillosas.

–¿Carta de vinos esta noche, señor Hunter? –preguntó Marco al tiempo que le apartaba la silla a Taryn.

Cole pronunció el nombre de un añejo. Un momento después el maître cerró las cortinas, dejándoles a solas.

Taryn se movió en la silla y abrió la carta.

Todos los platos de la carta, sin precios, parecían deliciosos. Taryn trató de tener presente en todo momento que se trataba de una reunión de trabajo. Tenía un objetivo que conseguir y lo mejor era aprovechar el tiempo.

Una vez escogió el plato que iba a tomar, dejó a un lado la carta y sacó el portátil de la bolsa.

Cole dejó escapar un gruñido de decepción y se echó hacia atrás.

–Ahora no.

–Prefiero hacerlo antes de que se tome una copa o dos.

–Le puedo asegurar que un par de copas de vino no afectan a mi juicio en lo más mínimo –hizo una mueca–. Aunque puede que a usted sí que le afecten.

–No soy una «risitas», señor Hunter –dijo Taryn en un tono irónico.

Él frunció el ceño.

–A mi padre le llamas Guthrie, ¿no? A mí me puedes llamar Cole –le dijo él en un tono provocador.

–Es distinto. Tengo una cercanía amistosa con él.

–¿En serio? ¿Te ha llevado a cenar? –le preguntó él, tuteándola deliberadamente.

Taryn contuvo el aliento. La insinuación era clara.

–Claro que no.

–A lo mejor le llevaste tú.

Taryn ladeó la cabeza.

–No va a funcionar, Cole –le dijo, acentuando el tratamiento informal–. Si quieres que salga de Hunter, tendrás que sacarme pataleando y gritando.

–¿Es eso lo que pasó en tu último empleo?

Taryn apretó los puños. Seguramente ya estaba al tanto de todo.

Marco apareció en ese momento para servirles el vino y tomarles nota. Taryn tuvo tiempo de pensar bien la respuesta, por tanto.

–Me despidieron de mi último trabajo.

La copa de Cole se detuvo a medio camino de sus labios.

–¿No te llevabas bien con el jefe?

–Nos llevábamos muy bien.

–Ah –bebió un sorbo–. Ya veo.

Taryn se moría por decirle la verdad, pero no iba a darle esa satisfacción.

–La dirección tomó esa decisión. Mi jefe directo siempre fue muy bueno conmigo. Fue como un padre para mí.

–Parece que el tema de los padres es muy importante para ti. ¿No tuviste uno propio?

–En realidad, no.

Cole dejó la copa de vino sobre la mesa.

–Estábamos hablando de tu anterior empleo –le dijo, bajando la voz.

Taryn le contó cómo había terminado convirtiéndose en el chivo expiatorio para solucionar una filtración de información. Su idea era darle una versión escueta de los hechos, pero Cole tenía una pregunta para todo. Era todo un interrogador, frío y exhaustivo, tal y como Roman le había dicho.

–Pero ya veo que has vuelto a ponerte en pie.

–Me parece que eso depende de ti.

–Bueno, más bien de lo que tengas para mí.

En ese momento llegó la comida. Cole se tomó la libertad de rellenar las copas de vino. Taryn no se había dado cuenta de que se la había tomado casi entera.

–Estoy demasiado hambriento como para concentrarme –dijo él, dejando la copa de nuevo–. Comamos.

Mientras disfrutaban de los manjares fue difícil evitar la conversación banal. Al principio comenzaron hablando de temas generales, pero todo derivó hacia un ámbito más personal paulatinamente. Al parecer Cole había servido en la Marina con un amigo, dueño de una empresa de seguridad. Incluso llegó a contarle que una vez había querido ser oficial de la Marina. Taryn sonrió al oírlo. ¿Quién lo hubiera dicho?

Poco antes de que terminaran de cenar, Cole cambió el tono y se centró en la familia, hablándole de su madre. No fueron más que unas pocas palabras, pero fueron pronunciadas con tanta sinceridad y afecto que Taryn se conmovió. Cole Hunter era un tipo de lo más sorprendente.

–Las hijas suelen estar muy apegadas a sus madres. ¿Tu madre vive cerca? ¿En la ciudad?

El estómago a Taryn le dio un vuelco. Dejó el tenedor sobre la mesa.

–Mi madre está muerta.

Cole frunció el ceño. Tardó un momento en decir algo.

–Lo siento.

–Preferiría no hablar de cosas personales.

–Claro –Cole asintió–. Lo entiendo. Solo intentaba sacar un poco de conversación.

–Lo sé, Cole. No hay problema –Taryn hizo un esfuerzo por volver al tono ligero de antes–. Pero estamos aquí porque querías comer. Comamos para que podamos volver al trabajo.

Después de haberse tomado una copa de vino y medio filete sumido en el más absoluto de los silencios, Cole puso la servilleta sobre la mesa.

–Muy bien. Hemos terminado. Hablemos.

Taryn apartó el plato, agarró el portátil y acercó un poco la silla a la de él.

Mientras se iniciaba el sistema, le habló de la logística en los enclaves turísticos, pero Cole ya estaba cansado del parloteo. Quería ir al grano cuanto antes.

–¿Cuál es el gancho entonces?

Taryn apretó un botón y desplegó una imagen en la pantalla. No era más que una instantánea poco inspiradora de un grupo de gente en un jardín urbano de lo más común. Ella, sin embargo, le miraba como si le estuviera enseñando una de las maravillas del planeta.

Cole se aflojó la corbata. ¿Por qué se había tomado tantas molestias? ¿Por qué seguía tomándoselas?

–En vez de llevar reporteros profesionales... –le dijo ella, continuando con la siguiente imagen. En ella aparecían un grupo de chicos jugando al baloncesto en unas canchas bastante precarias– usaremos parejas de verdad, familias y grupos para descubrir los enclaves turísticos. Les pediremos a los telespectadores que manden por correo electrónico y mensajes las razones por las que ellos, o las personas que quieran, deberían ser los que disfruten de un lujoso viaje con todos los gastos pagados a un sitio extraordinario, cortesía de los Hunter.

–No es más que otro *reality*, ¿no?

–Los *reality* siguen siendo muy populares –dijo ella, insistiendo mientras le mostraba otras imágenes parecidas–. Y con esta fórmula, emparejar el lujo con los desfavorecidos, podemos tocarles la fibra a los telespectadores.

Cole dejó escapar un gruñido de exasperación.

–Abre tu mente a las posibilidades y a toda la gente a la que podrías hacer feliz.

–No estoy aquí para organizar eventos de caridad. Estoy aquí para hacer buenos programas de televisión.

«Para hacer dinero», pensó, aunque no lo dijera en alto.

Taryn parpadeó y entonces miró la pantalla.

–Al final de la temporada, los telespectadores pueden votar a la mejor pareja de vacaciones, la mejor familia, o lo que sea, y el patrocinador principal dona un montón de dinero a una organización benéfica de la zona. La temporada siguiente arranca con el ganador de una lista con todos los votantes.

Parecía tan entusiasmada que Cole casi podía ver los fuegos artificiales, pero...

–No es lo bastante novedoso.

Ella le miró, confundida.

–Necesito más. A lo mejor si incluyes alguna estrategia de eliminación…

–No. Quiero que todos los que estén en este programa se sientan ganadores.

Cole se pellizcó el puente de la nariz. Eso era lo que le faltaba: toparse con uno de esos que querían salvar el mundo. La filantropía era admirable, pero en ese caso no era factible.

–Va a ser un programa positivo –le estaba diciendo ella–. Claro. Evidentemente, durante el transcurso de la grabación habrá pruebas y miedos a los que enfrentarse, pero nadie se sentirá como un perdedor. Este programa podría empezar un nuevo género.

–Taryn… No hay programa a menos que yo lo decida.

Taryn hizo todo lo posible por esbozar su mejor sonrisa.

–Piensa en los patrocinadores.

–Puedes hablar todo lo que quieras de los dólares de los patrocinadores, pero al final el tiempo es dinero. Es mi tiempo, el de la empresa. No voy a poner a gente valiosa a trabajar en un proyecto en el que no estoy convencido.

–Todavía.

Era evidente que ella no le estaba escuchando.

–No deberías haberte precipitado. Deberías haberte dado al menos un par de días para pensar bien en todos los detalles.

–Mi idea es buena.

Cole tomó aliento.

–No hay sitio en Hunter para algo bueno sin más. Yo busco algo brillante, o nada.

–¿Brillante?

–Eso es.

La expresión de Taryn se endureció.

–¿Tan brillante como tú?

–Soy el jefe y nadie juega en mi casa a menos que yo lo diga.

Los ojos de Taryn reflejaron una emoción que quemaba. Apretó los puños y se levantó de la silla. Al hacerlo, tropezó con la mesa y su copa se volcó en dirección a Cole. El vino saltó por los aires, manchándole el regazo.

Cole levantó los brazos. Echó atrás la silla.

¿Había sido un accidente o lo había hecho a propósito?

Agarró una servilleta y la puso contra sus pantalones empapados. De alguna forma, logró mantener un tono ecuánime.

–Asumiré que ha sido un accidente.

–Lo ha sido –Taryn se inclinó sobre la mesa y le tiró encima el vino de su propia copa–. Esto, digo.

No debería haberlo hecho. No debería haber perdido la cabeza de esa manera. Taryn se abrió paso a través del lujoso restaurante, consciente de las cabezas que se volvían a su paso.

Una vez fuera, sintió el golpe del aire fresco. Se detuvo al pie de los escalones de piedra de la entrada del establecimiento y miró a su alrededor. De repente cayó en la cuenta de un detalle muy importante. Cole la ha-

34

bía llevado allí y tendría que tomar un taxi para regresar a las oficinas de Hunter para recoger su coche.

–¿Te importaría decirme a qué ha venido todo eso?

Taryn dio media vuelta y miró a Cole Hunter a los ojos.

–Por favor, déjame en paz.

–Has venido conmigo…

–Y me iré sin ti. ¿Puede pedirme un taxi, por favor? –añadió, dirigiéndose al portero.

Cole hizo un gesto con la mano en dirección al empleado.

–Yo te llevo.

–Preferiría que no lo hicieras.

–Pues yo preferiría hacerlo.

–¿Para que puedas seguirme pinchando hasta que haga algo de lo que me arrepienta?

Él se acercó y entonces le miró los labios.

–¿Qué es eso que tienes tanto miedo de hacer?

Cuando sus miradas volvieron a encontrarse, Taryn sintió que la tensión crecía por momentos. Quería darle una bofetada en la cara, pero el cálido cosquilleo que le corría por la piel y le robaba el aliento la tenía paralizada, expectante.

–Yo no te pedí que me trajeras aquí.

–No. Lo único que hacías era saltar a mi alrededor como un perrito faldero para que viera tu propuesta.

–Dijiste que querías verla.

–Cuando fuera buena y estuviera bien cocinada.

Taryn se recolocó la correa del bolso sobre el hombro.

–Admítelo. Nunca tuviste intención de darme una oportunidad.

–Vaya. No me eches a mí la culpa.

–No. Debería estar encantada de tener que pasar tu filtro después de haber conseguido el trabajo.

Cole parpadeó, sorprendido, y entonces se ajustó la pulsera de platino de su reloj.

–Todavía tengo pendiente hablar con mi padre respecto a tu contrato. Nadie me consultó antes de contratarte.

–A lo mejor deberías haber hecho eso antes de someterme a esta farsa.

–Siento mucho haberte hecho un favor.

–Discúlpame si no me deshago en agradecimientos.

Un taxi paró frente a ellos al tiempo que el aparcacoches les acercaba el deportivo de Cole. Taryn fue directa hacia el taxi. Cole fue tras ella.

El portero fue a abrirle la puerta, pero Cole le hizo apartarse con una mirada de pocos amigos.

–Siento que no seas capaz de asimilar la verdad sobre tu programa –le dijo a Taryn, cruzando los brazos.

–Tu versión de la verdad.

–Te guste o no, esa es la única versión que importa.

Taryn cruzó los brazos también.

–¿Alguna vez te han dicho que tienes un ego demasiado grande?

–Y también tengo un carácter demasiado volátil, sobre todo cuando estoy empapado.

Taryn le miró de arriba abajo.

–Te pagaré la tintorería.

–Camisa, pantalones y corbata –fingió exprimir la carísima corbata de seda azul–. No te dejaste nada.

Cole le dedicó una mirada dura. Debajo de ese porte implacable, parecía haber otra emoción menos hostil.

—A lo mejor se me ha ido un poco la mano con eso.

—¿Cole Hunter se está disculpando?

—No era más que una mera observación. Bueno, a lo mejor… No debí tirarte la segunda bebida.

Cole tardó un momento en contestar.

—¿Entonces quieres que te lleve?

—Solo si yo escojo el tema de conversación. Y preferiría no volver a hablar de mi proyecto esta vez.

—Sabia elección —Cole echó a andar y entonces se detuvo un momento para esperarla.

Tras unos segundos, Taryn dio un paso adelante.

—A lo mejor podemos hablar de cocina vegetariana —le dijo cuando llegaron al coche.

—¿Deportes? —le preguntó él.

—Soy yo quien manda ahora, ¿recuerdas?

—Disfrútalo mientras puedas —le oyó decir justo antes de cerrarle la puerta del acompañante.

Capítulo Cuatro

Durante todo el camino de vuelta Taryn le entretuvo con una entusiasta lección de combinaciones culinarias de frutos secos con calabaza.

«Fascinante», pensó Cole con ironía.

Tras dejarla se dirigió a la mansión de su padre de Pott's Point. Mientras recordaba su tono de voz profesional y la gloriosa silueta de sus piernas, no pudo evitar esbozar una sonrisa.

Justo cuando iba a bajar del coche el teléfono móvil le comenzó a sonar. Le llamaban dos personas, Dex y Wynn. Cole apretó el botón verde y Wynn fue el primero en hablar.

–¿Qué tal está papá?

–¿Las autoridades saben quién puede estar detrás de todo esto? –preguntó Dex.

–Le pillaremos. No os preocupéis.

Wynn masculló un juramento.

–Cole, ¿cuál es el plan? Vas a poner en marcha alguna medida de seguridad, ¿no? ¿Vas a contratar a un detective?

La risotada de Dex retumbó al otro lado de la línea.

–Como si no lo hubiera hecho ya –dijo.

–Que yo sepa ninguno de los dos se ha ofrecido a venir para ponerse al frente de todo –dijo Cole, soltando el aliento.

–En realidad… –Wynn comenzó a hablar al mismo tiempo que Dex.

–Estaré… –decía este último.

Cole les interrumpió a los dos.

–Quedaos donde estáis. Yo me ocupo de todo.

–Bueno, si necesitas algo… –dijo Dex.

Cole miró hacia la casa y pensó en su madrastra.

–A lo mejor necesito un collar de perro –murmuró.

–¿Qué?

–Nada –Cole abrió la puerta del coche–. Os mantendré informados, chicos –colgó y un momento después llamó al timbre.

Una mujer a la que nunca había visto abrió la puerta. Retrocediendo, Cole se metió las manos en los bolsillos.

–¿Quién eres?

–Trabajo para los Hunter.

Cole examinó a la mujer con más atención. Llevaba un uniforme gris de lo más anticuado.

–¿Qué ha sido de Silvia?

La mujer se encogió de hombros.

–Creo que la señora dijo que ya llevaba demasiado tiempo aquí.

Cole gruñó. Era evidente que Silvia se había convertido en un estorbo para Eloise. Cada vez que el ama de llaves aparecía, ponía esa mirada calculadora que no pasaba desapercibida.

Además, al igual que sus hermanos y él, Silvia, que conocía la casa como la palma de su mano, tampoco había aprobado la nueva relación de su padre.

Eloise había tardado cinco años en librarse de ella, pero finalmente parecía haberlo conseguido.

La nueva empleada se alisó el delantal.

–¿A quién debo anunciar?

–Me llamo Cole.

–¿El hijo mayor del señor Hunter?

Mientras la sirvienta miraba la mancha de vino que tenía en la ropa, Cole pasó por su lado.

–¿Dónde puedo encontrarle?

Una vez en el vestíbulo, oyó una desagradable voz que ya le resultaba inconfundible.

–Cole, cielo, ven aquí.

Ataviada con una larga bata de seda de color rojo, Eloise le hizo señas desde el arco que daba acceso a la sala de estar. Cole no pudo evitar preguntarse si dormía con todo ese maquillaje. Esa mujer era tan distinta a su madre, con su belleza natural.

Ignorando el nudo que se le formaba en el estómago, Cole dio un paso adelante.

–He venido para ver cómo está.

–Por el horrible incidente de esta mañana, supongo.

–¿Dónde está?

Eloise estaba justo detrás él, tan cerca que casi tropezó con ella. Teatral, como de costumbre, la mujer dejó escapar un grito de sorpresa y fingió tambalearse, sin duda para que él la socorriera.

–¿Está en el estudio? –le preguntó Cole, retrocediendo.

Eloise se tocó su larga cabellera pelirroja y fingió recuperar el equilibrio. Se dirigió hacia el minibar y agarró una botella de licor.

–¿Te apetece?

Cole se estremeció.

–Tengo un poco de prisa.

Al reparar en su camisa, Eloise dejó la botella y regresó junto a él.

–Parece que ya te has dado un caprichito.

–Mi padre, Eloise. ¿Dónde está?

–Tu padre no está. Salió con ese nuevo guardaespaldas que tiene –frunció el ceño–. Alto, malhumorado, con cara de pocos amigos.

Cole sonrió. Lo último que su padre necesitaba era un guardaespaldas que sucumbiera a los encantos de la víbora. Sacó el teléfono móvil y marcó el número de Guthrie. Al ver que no contestaba le dejó un mensaje para que le llamara lo antes posible. Se dirigió hacia la puerta.

–No te entretengo.

Ella se las ingenió para cortarle el paso.

–Antes de que te vayas, quisiera pedirte un favor, o más bien se trata de que ayudes a tu hermano pequeño.

Cole se detuvo. Las fechas indicaban que Guthrie se había casado con Eloise cuando ella ya estaba embarazada de un niño que había conquistado los corazones de toda la familia desde el primer momento. Siempre que Cole les visitaba, el pequeño le contaba que quería hacerse bombero o elfo de Papá Noel.

–¿Qué quiere Tate?

Eloise tomó un aparato electrónico de una estantería cercana.

–Esta tarde Tate se desesperó porque no era capaz de hacer funcionar esto. Tuve que mandarle pronto a la cama.

Cole quiso agarrar la tableta electrónica del pequeño, pero entonces se lo pensó mejor. Quería ayudar, pero era mejor que se marchara lo antes posible.

–Papá te lo arreglará cuando llegue.

Ella se rio.

–Qué gracioso. ¿Tu padre arreglando algo así?

Cole frunció el ceño.

–Es un hombre inteligente.

–Pero, cariño, ya no es un jovenzuelo –dijo Eloise, mirándole el pecho–. Necesitamos a alguien que esté al tanto de la última tecnología –le enseñó el ordenador de nuevo–. Tate estará muy orgulloso cuando le diga que su hermano mayor se tomó el trabajo de arreglarlo.

Cole apretó la mandíbula. No tenía tiempo para Eloise, pero quería mucho a Tate y se le encogía el corazón cada vez que pensaba en la madre que le había tocado, una madre para la que pintarse las uñas era más importante que cualquier cosa que su hijo tuviera que decirle.

Tomó el artilugio y apretó unas cuantas teclas. Fingiendo curiosidad, Eloise se acercó demasiado, pero él levantó la vista y la miró directamente a los ojos, a modo de advertencia. De repente notó algo de movimiento cerca del arco de acceso a la sala de estar. La nueva ama de llaves estaba medio escondida detrás de la pared. Eloise siguió la dirección de su mirada y se cerró un poco la bata, sorprendida.

–Nancy, puedes retirarte a tu dormitorio –dijo–. No te necesitaré más por esta noche.

Asintiendo con la cabeza, Nancy se marchó.

Cole continuó investigando las funciones del aparato hasta que la pantalla se iluminó. Después de asegurarse de que todas las aplicaciones funcionaban, volvió a poner la tableta donde estaba y se dirigió hacia el vestíbulo. Eloise, sin embargo, le llamó de repente.

–Tu padre volverá pronto. ¿No quieres quedarte un rato?

Cole abrió la puerta y siguió adelante.

Subió al deportivo y arrancó rápidamente. Una vez más no podía evitar preguntarse quién estaba detrás del tiroteo de esa mañana. Su padre no estaba en casa esa noche… ¿Acaso su guardaespaldas estaba siguiendo a alguien?

Capítulo Cinco

–Pensé que era buena idea ponerte sobre aviso. El jefe tiene ganas de guerra.

Esa voz británica que ya le resultaba tan familiar irrumpió entre los pensamientos de Taryn. Roman Lyons asomaba la cabeza por la puerta de su despacho.

–¿Guthrie?

–No. El joven Hunter. Me ha dicho un pajarito que viene para acá.

Roman le dedicó un guiño y se refugió en su propio despacho. Con un nudo en el estómago, Taryn tomó aliento.

Sorprendentemente, y a pesar del incidente del vino de la noche anterior, Cole y ella habían terminado bien. Una vez de vuelta a las oficinas de Hunter Enterprises, ella había vuelto a decirle que le pagaría la factura de la lavandería, pero él había rechazado el ofrecimiento y le había dicho que ya hablarían al día siguiente.

Cole Hunter entró en el despacho de repente, llenando la estancia con su imponente presencia. Esa mañana parecía más alto, más corpulento. Taryn se estremeció y habló antes de pensar.

–Siempre haces eso.

–¿Qué?

–Entrar así.

–Buenos días para ti también.

Taryn se mordió el labio para no decirle que no la mirara de esa forma. Hizo todo lo posible por recuperar la calma antes de volver a hablar.

–¿Has desayunado? –agarró una bolsa–. Bizcochos, hechos esta mañana.

Cole se inclinó para mirar con curiosidad.

–¿Son de calabaza?

–Frutos secos –Taryn se puso en pie–. Iba a servirme un café. ¿Quieres uno? He traído mi cafetera. No me gustan mucho los instantáneos. Soy de las que lo prefieren intenso y profundo.

–¿Quién lo hubiera dicho?

De camino a la cafetera, Taryn se detuvo. Reparó en su mirada. El comentario que había hecho no pretendía ser provocador.

–Ya veo que te has acomodado bien –le dijo él, mirando a su alrededor.

Taryn tomó la cafetera.

–¿Has hablado ya con tu padre?

–No he podido encontrarle esta mañana. No tengo ni idea de dónde está.

Con una taza llena en la mano, Taryn miró hacia atrás. La expresión autosuficiente de Cole había sido reemplazada por una máscara de preocupación. Jamás hubiera pensado que Cole Hunter pudiera tener algún punto vulnerable.

Quería preguntarle qué sucedía, pero la expresión se evaporó tan rápido como había aparecido.

–No quiero café. Gracias. Y nada de bizcochitos.

Antes de que pudiera decirle nada más, Taryn hizo un último esfuerzo por poner su mejor cara de empleada perfecta.

–He revisado mis notas de nuevo. He hecho algunas llamadas. Me gustaría hacer un informe completo del primer destino de Hot Spots.

–¿Por qué voy a aprobar un informe si no he aprobado el programa?

–Porque no tienes nada que perder. Yo pagaré los billetes. El alojamiento está resuelto, así que no cuesta nada.

–¿Y a quién te vas a llevar contigo si doy mi aprobación?

–No necesito a nadie. Tengo que buscar en los enclaves.

–¿No sería prudente llevarse a un cámara para que yo pueda revisar las filmaciones luego? Si…

–Si lo apruebas –dijo ella, terminado la frase.

No necesitaba que se lo recordaran de nuevo.

–Si es una condición imprescindible, pagaré los gastos de mi acompañante también.

–Podríamos ahorrarnos dinero y molestias si yo fuera y comprobara el enclave por mí mismo.

Taryn sintió que el corazón se le subía a la garganta. La sonrisa amenazante que asomaba en los labios de Cole Hunter no auguraba nada bueno, aunque seguramente solo trataba de ponerla a prueba.

–Claro. Si quieres venir, ¿por qué no?

–¿Quieres que vaya? –le preguntó él con una mirada inquisitiva.

–Lo has sugerido tú.

Cole sintió que su sonrisa crecía. No podía negar que Taryn Quinn tenía agallas.

El teléfono le sonó en ese momento. Era un mensaje de texto. Guthrie había llegado y quería verle.

–Hablamos de esto luego –le dijo a Taryn al tiempo que salía.

–Aquí estaré.

Cole se dirigió hacia el despacho de su padre. Guthrie estaba sentado detrás de su escritorio, examinando una hoja de cálculo. En el extremo más alejado de la estancia había un hombre alto y trajeado, alguien a quien no había visto nunca. El individuo contemplaba las vistas de la bahía. Guthrie se levantó al tiempo que el hombre se volvía hacia ellos.

El dueño de Hunter Enterprises tomó asiento y le presentó a Jeremy Judge, su guardaespaldas.

Sin quitarle ojo al detective, Cole se sentó junto a su padre.

–Por favor, siéntese, señor Judge.

–Paso mucho tiempo sentado –dijo Judge, dedicándole una escueta sonrisa a Cole–. En coches, bancos de parques… Trabajo de vigilancia, ya sabe. Prefiero estirar un poco la espalda cuando tengo oportunidad.

No había duda. Jeremy Judge era de los que siempre estaban alerta. Con una expresión de alivio y cansancio, Guthrie cruzó las piernas.

–Me alegra mucho decirte que Jeremy ha logrado seguirle la pista al responsable de los atentados.

Cole se incorporó, sorprendido ante tanta rapidez.

–Espero que esté entre rejas ya.

–La última vez que lo vi –dijo Judge– estaba debajo de un coche. Cuando acompañaba a tu padre a casa, alrededor de las siete, nos dispararon.

–Iba a ver a tu tío –le explicó Guthrie.

–¿El tío Talbot? –era el hermano mayor de su padre–. No recuerdo la última vez que fuiste a verle.

Los hermanos llevaban años sin hablarse. Cole ni siquiera recordaba cuál había sido el problema.

–Somos como el agua y el aceite, pero cuando éramos jóvenes Talbot y yo estábamos muy unidos. Tenía ganas de ir a verle.

–Cuando el señor Hunter fue a entrar en el coche, se oyeron dos disparos –dijo Judge–. Yo perseguí al pistolero a pie. Se vio acorralado y se metió en medio del tráfico.

Cole analizó la situación y también al hombre que tenía delante.

–Un asesino muy torpe, ¿no?

–Sin duda. No fue capaz de anticipar la persecución.

–¿A qué hospital le llevaron?

–Las heridas en la cabeza eran severas –dijo Judge–. Murió antes de que llegara la asistencia sanitaria.

Cole carraspeó para disolver la bola que se le había hecho en la garganta. ¿Había oído bien? ¿El tipo había muerto sin más y todo el asunto estaba finiquitado?

–Supongo que ahora empieza su trabajo.

–Hay que investigar su pasado, ver si trabajaba solo o no –Jeremy Judge asintió con la cabeza–. Mi primera prioridad es obtener el informe de la policía.

–Necesitaremos un abogado.

–Es pan comido, hijo.

Cole tamborileó con los nudillos sobre el brazo de la silla. Brandon también iba a contactarle ese mismo día, para informarle del seguimiento que le estaba haciendo a Eloise.

–Tengo un amigo que es dueño de una empresa de seguridad –le dijo a Judge, buscando su billetera para sacar una tarjeta–. Le llamaré. Podéis trabajar juntos y…

Guthrie les interrumpió.

–No hace falta. Jeremy lo tiene todo bajo control.

Judge sonrió para dejarle claro que lo tenía todo bajo control y se dirigió hacia la puerta.

–Estaremos en contacto, señor. Un placer conocerle, Cole.

Una vez se marchó el investigador privado, Guthrie soltó el aliento.

–Me han quitado un peso enorme de encima. Cuando llegas a mi edad lo último que necesitas es esa clase de problemas –Guthrie se secó la frente con un pañuelo–. Bueno, hablemos de cosas más agradables. ¿Qué tal te va con la nueva productora? ¿Habéis hecho algún avance?

Cole titubeó. Aún estaba enojado porque su padre no le había consultado antes de contratar a Taryn Quinn, pero finalmente se tragó las palabras. El rostro relajado de su padre y el recuerdo de los ojos de Taryn, enormes y llenos de esperanza, le hicieron dar marcha atrás.

–Taryn y yo hemos estado… hablando.

Guthrie agarró a su hijo del brazo.

–Tengo una buena corazonada respecto a ella –Guthrie se puso en pie–. Mantenme informado.

Cole salió del despacho de su padre con un remolino de emociones en la cabeza. A mitad del pasillo volvió a encontrarse con dos ayudantes de producción que ya había visto antes, apostados junto al dispensador de agua fría. Otros cuatro se habían unido a ellos y estaban sumidos en una animada conversación. Nadie le vio acercarse.

–Ni me he molestado en presentarme.

–Apuesto a que llora cuando…

–He oído que le está tirando los tejos, haciéndole de perrito faldero.

Había pocos secretos en ese edificio. Cole Hunter había sacado el hacha y los días de Taryn Quinn estaban contados.

De repente el grupo del dispensador vio acercarse a Taryn desde el otro lado. Ella les dedicó una amigable sonrisa, pero solo dos de ellos le devolvieron la mirada. El resto apartó la vista y fingió no verla.

Un momento después se dieron cuenta de que se acercaba el jefe. Las mujeres abrieron los ojos y los hombres se aclararon la garganta. Uno o dos de ellos le saludaron rápidamente.

Cole pasó junto a ellos y fue directo hacia Taryn.

–¿Cuándo vas a reservar los billetes para ir a hacer este estudio de la localización? –le preguntó, asegurándose de alzar el tono lo bastante como para que todos pudieran oírle.

Taryn miró a la derecha y a la izquierda, como si le creyera borracho o enfermo.

–Pensaba hacerlo el fin de semana que viene.

Sintiendo seis pares de ojos sobre la piel, Cole asintió con la cabeza.

–Organiza todos los gastos.

Taryn tardó unos segundos en contestar.

–Claro. Lo haré enseguida.

—Gastos para dos.

—¿Un cámara?

—Tú y yo.

Taryn sintió que la sangre huía de las mejillas.

—¿De verdad quieres venir?

Él asintió con la cabeza sin más y entonces continuó andando rumbo a su despacho. Aflojó el paso un poco, no obstante. Quería oír las presentaciones cuando Taryn se encontrara con el grupo del dispensador. Incluso llegó a oír una efusiva risotada.

Capítulo Seis

–Es un error.

Inclinándose contra una columna del garaje, Cole se cruzó de brazos y le contestó a Brandon.

–Me hago cargo.

Había ido a ver a su amigo a su casa de dos plantas junto a la bahía. Brandon estaba trabajando en la niña de sus ojos: una Harley Davidson *vintage*. Se hubiera ofrecido a ayudarle, pero Brandon no dejaba que nadie se acercara a su moto. De hecho, era casi un milagro que alguna vez la sacara del garaje.

–Según lo que me cuentas –dijo Brandon, puliendo el manillar con esmero– el responsable de los ataques ha pasado a mejor vida.

–Eso parece.

–Un certificado de muerte es bastante definitivo.

–¿Pero y si ese tipo es un cabeza de turco?

–Es posible. ¿Tu padre te ha dicho algo sospechoso de Eloise alguna vez?

–Aún no.

–Como te he dicho –Brandon se incorporó y levantó el trapo– que quieras seguirla es un gran error.

–Eso lo decido yo. Dime qué sabes.

Habían pasado cinco días y en ese tiempo Brandon había averiguado unas cuantas cosas. Nacida en Atlanta, Eloise Hunter tenía un padre que era un político de renombre y su madre había sido amiga de la madre de Cole. Cuando estaba en el instituto la habían arrestado por posesión de drogas blandas, pero no había llegado a cumplir condena.

Puliendo el otro manillar, Brandon le confirmó que su padre había conocido a Eloise cuando era mucho más joven. Y habían vuelto a verse cuando Guthrie había viajado para visitar a los familiares de su esposa, unos meses después de su muerte.

–Sigue con ello –dijo Cole–. ¿Y puedes investigar a la nueva ama de llaves de mi padre también? Se llama Nancy. Es demasiado siniestra como para ser culpable de algo, pero…

Brandon se rio.

–¿No es tu tipo?

Cole se estremeció.

Brandon deslizó una mano por el reluciente tanque de gasolina.

–Bueno, ¿qué pasa con tu vida amorosa?

–Estoy ocupado.

–¿Recuerdas a esa chica encantadora con la que saliste cuanto estábamos en el ejército? Creo que no has vuelto a tener una relación estable desde entonces.

–Un enamoramiento de un año de duración con la hija de un teniente no es una relación estable.

–La dulce Meredith McReedy. Te rompió el corazón.

–Lo dejó como un huevo roto –confirmó Cole con una sonrisa–. Y ni siquiera se enteró.

–Mujer egoísta. ¿Cómo pudo cambiar de destino y dejarte así?

–Lo superé al final.

—Me pregunto si estará esta noche –dijo Brandon, arrojando el trapo a un cubo–. Vas a ir, ¿no?

—He recibido una invitación.

—No esquives mi pregunta.

Dirigiéndose hacia su coche, Cole se puso las gafas de sol.

—He superado todo eso.

—¿No quieres reencontrarte con amigos?

—Todo el mundo está casado. No tengo ganas de tener que dar explicaciones. La última vez que asistí a una reunión de esas, la chica con la que fui se empeñó en que me pusiera de rodillas y me declarara.

Brandon apoyó las manos en la cintura.

—Estoy seguro de que puedes encontrar una excusa mejor si te esfuerzas un poco.

—¿Tú vas a ir con alguien?

Brandon nunca estaba sin chica. Era parecido a su hermano Dex. La única diferencia era que los amoríos de su hermano siempre estaban en las portadas de las revistas.

—Se lo he pedido a una señorita muy interesante que conocí hace algunas semanas.

—¿Semanas? –Cole hizo una mueca traviesa al tiempo que abría la puerta del lado del conductor–. Debe de ser algo serio.

—Que no cunda el pánico. No hay fuegos artificiales por ninguna de las dos partes. Más bien se trata de algo tipo amor odio.

—Ya veo que es algo serio –dijo Cole con ironía.

Apoyando un antebrazo sobre el borde de la ventanilla, Cole se lo contó todo acerca de la irresistible, pero desesperante, Taryn Quinn.

–Entonces, seré yo quien necesite un guardaespaldas.

Brandon arqueó las cejas.

–Una fiera, ¿no?

–A veces.

–Suena interesante. Tráela.

–No me soporta.

–Oh, y es inteligente.

Cole sonrió.

–En realidad, sí.

–¿Cuál es su historia? ¿Por qué no está con nadie?

–Eso me he preguntado yo.

Brandon bajó las manos.

–Parece que sospechas.

–No. Ya no. Solo siento curiosidad.

Se despidieron. Un momento después, con la mano sobre el contacto, Cole titubeó. ¿Podía invitar a Taryn a ese reencuentro? Negocios aparte, no podía negar que la encontraba muy intrigante.

Arrancó y dio marcha atrás.

No necesitaba más problemas. De ninguna manera iba a invitarla a un evento así. Si la idea volvía a pasársele por la cabeza, pediría una cita con el psiquiatra.

Taryn miró la pantalla del teléfono y se quedó helada al ver quién la llamaba.

Había sobrevivido a cinco días en Hunter Broadcasting. ¿Por qué la llamaba Cole Hunter un sábado?

–¿Es tu teléfono? –le preguntó una voz desde la cocina.

Sentada en el escalón de la entrada trasera de la modesta casa en la que vivía, Taryn le contestó a su tía, que se había pasado a verla, como hacía de vez en cuando.

Contempló la pantalla iluminada durante unos segundos y entonces volvió a oír la voz de Vi.

—¿Pasa algo?

Taryn se preparó y apretó la tecla verde.

—Siento molestarte fuera de horas de trabajo.

Taryn se estremeció un momento. Quería decirle que acabara con ello cuanto antes, pero en realidad dijo otra cosa.

—No importa. No estoy haciendo nada en especial.

—Es sábado.

Ella frunció el ceño. Esperó. Pasaron unos segundos, los suficientes como para que Taryn examinara el teléfono un instante para asegurarse de que no se había cortado la llamada.

—La cosa es… Me preguntaba si vas a hacer algo luego.

Ladeando la cabeza, Taryn miró hacia al jardín.

—No. Nada en especial. ¿Quieres revisar mis notas antes del viaje? Tengo montones, aunque quiero mantener en secreto la localización hasta el final.

—No se trata del viaje.

Taryn sintió un nudo en la garganta. Iba a despedirla. Había llegado el momento.

—A lo mejor recuerdas que te comenté que fui cadete en el ejército. Hay un reencuentro de viejos compañeros esta noche y me preguntaba si querrías acompañarme.

Taryn apretó el teléfono contra la oreja, esforzándose por escuchar mejor. Aquello no tenía sentido, así que tenía que haber algo más. ¿Se había perdido algo?

–¿Taryn? ¿Estás ahí?

–No sé si te he entendido bien.

–Te estoy invitando a salir, esta noche, conmigo.

¿Era una cita? ¿Le estaba proponiendo una cita? Taryn estaba completamente confundida.

–Si estás ocupada, no hay problema. Lo entiendo.

–No estoy ocupada.

–¿Entonces, vienes?

–¿Has tenido suerte, o sigue escondiéndose? –preguntó la voz de la cocina de nuevo.

Su tía hablaba de una gata embarazada.

Taryn titubeó durante unos segundos. No entendía nada, pero al menos era una buena oportunidad para convencerle un poco más para que aceptara el programa.

–¿A qué hora y dónde?

Le oyó tomar el aire. ¿Acaso sentía alivio o era pura estupefacción?

–Hay que ir de etiqueta. Te recojo…

–No. Nos vemos allí –se apresuró de decir Taryn.

Cole le dijo la hora y le facilitó la dirección. Taryn terminó la llamada y se dejó caer contra el escalón al tiempo que aparecía su tía con un bol lleno de galletitas para gatos.

Vi la miró con ojos curiosos.

–Por la cara que tienes pareciera que alguien acaba de darte un millón de dólares.

–Mucho mejor que eso. Era mi jefe.

–Guthrie Hunter. Me has hablado de él. Un buen hombre.

Vi dejó las galletas.

–Y listo.

–No. Era su hijo, Cole.

–¿Te llama un fin de semana? ¿Ha surgido algo en el estudio?

–No era nada de trabajo, o no directamente. Bueno, me ha invitado a salir. Es un evento de etiqueta esta noche.

–¿Y tú dijiste que sí?

Taryn asintió y su tía sonrió de oreja a oreja.

–Llevas tanto tiempo sin salir a divertirte…

–No es nada de eso. No me gusta. Cole Hunter es un tipo arrogante, cruel…

Vi apenas la escuchó. Estaba mirando su reloj de pulsera para ver la hora.

–Si quieres arreglarte el pelo, será mejor que te pongas en marcha. Ya son más de las once. ¿Tienes algo que ponerte?

–Un vestido que me compré para las ceremonias de premios del año pasado.

Era un vestido largo, con lentejuelas, muy Hollywoodiense.

Taryn se encogió por dentro. Solo podía esperar que no fuera demasiado.

Al ver que su tía seguía sonriendo, frunció los labios.

–No te emociones tanto. No es lo que piensas. Aunque quisiera sentar la cabeza y tener una relación… Cole no es de esos.

–¿Y eso cómo lo sabes?

–Cuando pases cinco minutos con él lo entenderás.

De repente oyeron un ruido proveniente del jardín. Unos matorrales se movieron y entonces vieron un poco de pelo amarillo. La gata asomó los bigotes entre unas hojas, pero entonces volvió a esfumarse. Taryn dio un golpe con el pie contra una tabla del suelo. Llevaba semanas intentando atraer a la gata. Estaba muy sucia, así que debía de ser una gata callejera, pero seguía resistiéndose.

–A lo mejor es más feliz así –murmuró Taryn, pensando en voz alta–. A lo mejor es más feliz sola.

Vi le dio una palmadita en el hombro.

–No te rindas. Todo el mundo quiere compañía, alguien que cuide de ellos, incluso aquellos de los que no lo esperas.

Había quedado con Taryn a las siete.

De etiqueta.

Al ver que ella insistía en ir sola, no había podido negarse.

Ya eran más de las siete y media, sin embargo, y la paciencia comenzaba a agotársele. A las ocho menos cuarto empezó a pensar en llamarla para ver si pasaba algo. A lo mejor debía presentarse solo en la fiesta y olvidarse del tema. Tenía trabajo que hacer, cosas como revisar la propuesta del fútbol... ¿Qué hacía allí esperando como un idiota?

De repente apareció un taxi. Taryn iba dentro. Al verla bajar, Cole sintió que el pecho se le hinchaba al tomar el aliento.

Como era de esperar, Taryn exhibía su gracia de siempre. Llevaba un traje de noche con lentejuelas plateadas que le sentaba como un guante. El escote era moderado, pero cuando se volvió para colocarse mejor los tacones de aguja, Cole vio que la espalda del vestido era lo bastante baja como para atraer todas las miradas.

Al verle parado frente a la entrada del hotel de cinco estrellas, ella le saludó con la mano. Se encontraron al pie de los escalones.

–Bonito esmoquin.

–¿Qué? ¿Este traje viejo?

Ella se rio.

–Es un vestido impresionante.

–Gracias.

–Estás radiante.

–Siento haberte hecho esperar. El taxi tardó mucho.

Él la agarró del brazo.

–No tienes por qué disculparte.

En el enorme salón sonaba una música suave y los invitados se paseaban de un lado a otro, probando exquisitos canapés de salmón y caviar. Un camarero les ofreció unas copas de champán. Ambos aceptaron. Mientras ella bebía un sorbo, Cole se dio cuenta de que la copa tapaba una sonrisa disimulada.

–¿Qué es tan gracioso?

–Es que desde que mencionaste lo de la Marina no hago más que tener visiones de oficiales vestidos con inmaculados trajes blancos y guantes a juego.

–¿Te gustan los hombres con uniforme?

–¿Por qué? ¿Tienes uno en el armario?

–Odio tener que decirlo, pero cuando era cadete más bien me parecía a Popeye con el traje de marinero.

Taryn se rio.

–¿Popeye? Bueno, por lo menos eres sincero. ¿Había algún Brutus en tu unidad de cadetes?

–Claro. Enorme, grandote. Se afeitaba desde los

diez años. Pero era mejor parecido que su doble de los dibujos.

La mirada de Taryn se desvió hacia la izquierda.

—¿Es él?

Al girarse Cole vio a Brandon, que se abría paso entre la gente.

—Supongo que los hombros me han delatado —dijo Cole, sonriendo.

Brandon se detuvo frente a ellos y se presentó él mismo.

—Y usted debe de ser la misteriosa señorita Taryn Quinn.

—¿Misteriosa? —Taryn sonrió—. Bueno, más bien soy la típica chica de clase obrera.

La expresión de Brandon decía lo contrario. Y tenía razón. La belleza de Taryn no tenía nada de común.

Brandon miró a su alrededor, como si buscara a alguien. De repente le hizo señas a alguien para que se acercara. Cole reconoció a la chica, a duras penas.

Meredith McReedy apareció de repente y le plantó un beso en la barbilla. Llevaba tanto pintalabios que era fácil adivinar que debía de haberle dejado marca.

—Cole, te echamos de menos en el último reencuentro —Meredith sonrió, mirando a Taryn.

Su expresión era sincera.

Cole no tenía claro qué le había pasado a su ex, pero debía de haber sido algo importante. Meredith no tardó en explicárselo todo.

—Me he casado. Tengo tres niños pequeños. El mayor no llega a cuatro años. Somos una pequeña familia feliz —Meredith le habló directamente a Taryn—. Tú debes de ser la esposa de Cole.

–No –dijo él rápidamente.

Meredith le dio un golpecito juguetón en la solapa de la chaqueta.

–No puedes esconderte para siempre de la responsabilidad.

Cole tosió.

–Nos vemos luego –dijo Meredith, y entonces desapareció entre la multitud.

Sonriendo de oreja a oreja, Brandon levantó su cerveza.

–Bueno, parece feliz.

Cole miró a su amigo con cara de pocos amigos. Si Brandon estaba pensando en ponerse a hablar más de la cuenta delante de Taryn, entonces tendría que hacerle callar. Taryn no tenía por qué saber esa clase de detalles de su pasado.

–¿Estás en las Fuerzas Armadas? –le preguntó Taryn a Brandon cuando cambiaron la música.

Más parejas se dirigieron hacia la pista de baile.

–Tengo una empresa de seguridad. También soy investigador privado de vez en cuando.

–Debe de ser emocionante.

–Puede serlo a veces, cuando te topas con algo con sustancia.

–¿Qué quieres decir?

–A veces a un cliente se le mete en la cabeza dar vueltas en círculos.

–Hay que buscar en todos los rincones –dijo Cole.

Taryn miró a uno y a otro, confundida.

Cole cambió de tema rápidamente.

–Bueno, ¿dónde está tu cita? –le preguntó a su amigo.

–¿Recuerdas que te dije que tenemos una relación de amor odio? Bueno, ahora mismo ella no siente mucho amor que digamos. De hecho, creo que es acertado decir que se ha cerrado la puerta definitivamente.

Taryn dejó caer los hombros.

–Siento oír eso.

Con la vista fija en la pista de baile, cada vez más llena, Brandon bebió un sorbo de cerveza y entonces soltó el aliento.

–Sí, bueno, ella se lo pierde. A Marissa le encanta bailar.

–¿Y a ti? –preguntó Taryn.

–Con la chica adecuada.

–Eso nunca lo sabes –la sonrisa de Taryn era alentadora–. A lo mejor encuentras a una buena bailarina esta noche.

Brandon ladeó la cabeza y entonces miró a Cole. Arqueó una ceja, como si le estuviera pidiendo permiso. Cole puso tanto su copa como la de Taryn sobre la bandeja de un camarero que pasaba en ese momento y, después de lanzarle una mirada de advertencia a su amigo, se llevó a Taryn a la pista.

Cuando llegaron junto al resto de parejas, Cole pensó que Taryn iba a negarse a bailar mejilla con mejilla, pero no opuso resistencia alguna. Con la mirada fija en él, esperó a que la rodeara con su brazo y la acercara a su cuerpo para bailar.

Cole lo hizo encantado.

El roce de la exquisita tela de su vestido produjo un suave sonido de fricción cuando la agarró de la cintura, apoyando la palma de la mano al final de su espalda. Una vez aplicó la presión adecuada, ella se acercó. La tomó de la mano y comenzó a moverse al ritmo de la cadencia. Ella echó atrás la cabeza y respiró profundamente. Apoyó la otra mano en su hombro y se dejó llevar.

—Me gusta tu amigo.

—Es único.

—Bueno en su trabajo, supongo.

—El mejor.

—Detective privado.

—Eso es.

Ella bajó la vista y entonces volvió a mirarle a los ojos.

—Cole, no le habrás puesto a investigarme, ¿no?

—No —él la hizo girar—. He decidido que es mejor no sacar el esqueleto que guardas en el armario.

Los ojos de Taryn reflejaron una sonrisa, pero entonces parpadeó.

—Trabaja para ti, ¿no?

—Hay un par de cosas de las que se está ocupando.

—¿Tienen que ver contigo?

—Mi padre.

Taryn se puso seria y dejó de bailar.

—¿Guthrie está bien?

Al ver esos ojos llenos de preocupación sincera, Cole apretó la mandíbula. Aunque fuera increíble, los medios aún no se habían hecho con la historia de los atentados contra la vida de su padre, pero solo era cuestión de tiempo. Él, por su parte, jamás compartía información personal con nadie, pero, por alguna razón, tenía ganas de hacerlo esa noche.

Le contó lo sucedido. Le dijo que Judge había logrado resolver el caso en veinticuatro horas, pero que él no estaba seguro de que todo hubiera terminado.

Taryn sacudió la cabeza.

—No me extraña que estuvieras tan irritable.

Reprimiendo una sonrisa, Cole la hizo moverse en círculo.

—Yo siempre estoy irritable.

—Hablo en serio. A mí me daría algo si Vi estuviera en peligro.

—¿Vi?

—Es mi tía. Me crio después…

Taryn apartó la mirada.

Cole guardó silencio y buscó su mirada.

—No conocí a mis padres. Era demasiado pequeña como para tener recuerdos, pero ojalá todo hubiera sido distinto, normal.

Cole no podía hacer más que ofrecerle una sonrisa solidaria. Le había dicho tanto con tan pocas palabras…

—Crecí con mi tía. Vi es la mejor. Le encantan los gatos. Hoy, cuando llamaste, había venido a verme. Le gusta pasarse de vez en cuando, ya sabes, para mimarme un poco.

De repente Cole sintió que retrocedía un poco en sus brazos.

—Te estoy aburriendo.

—No creo que eso sea posible —le dijo él, dejando que su mirada se desviara hacia su mejillas, sus labios.

Era difícil de saber con toda la iluminación, pero Cole creyó verla sonrojarse.

De repente la sintió alejarse un poco más.

—¿Echas de menos el mar? —le preguntó ella, mirando a su alrededor.

—Ya te dije que en otra época quise servir en un barco. Pero también pensé que podía comprar unos astilleros y hacer mi propio barco. Me imaginaba haciendo viajes de prueba todo el día, detrás del timón.

Hablaba sonriendo, burlándose de sí mismo, pero Taryn seguía seria.

—¿Y por qué no lo hiciste?

—Obligaciones, deberes.

—¿Hacia tu familia, hacia Hunter Enterprises?

Cole asintió con la cabeza. Buscando su mirada, le regaló una media sonrisa.

—Algunos días lo llevo mejor que otros.

—Y otros días te ves hasta arriba de problemas que podrías ahorrarte.

Le estaba hablando de su propio programa, pero su mirada franca dejaba claro que no hablaba por interés.

—Siempre hay cosas positivas en todo.

—Estoy de acuerdo. Todavía no te he dado las gracias oficialmente por haber accedido a hacer este viaje de investigación.

Cole reparó en sus labios una vez más.

—No es demasiado tarde.

Ella ladeó la cabeza. Había incertidumbre en su mirada, vacilación y comprensión al mismo tiempo. Cole sintió que el pulso se le aceleraba y el impulso ganó la batalla.

Se inclinó hacia ella y la besó. Bajo la palma de la mano, la sintió estremecerse, suspirar. Cuando sus labios se entreabrieron ligeramente, ella ladeó más la cabeza para buscar el ángulo perfecto.

Y entonces, como si alguien acabara de pincharla con un alfiler, abrió los ojos y dio un paso atrás.

—Yo no… No esperaba esto.

–Debería disculparme –Cole se arriesgó a sonreír–. Pero no lo siento.

De repente sintió una mano en el hombro. Era un hombre que recordaba de sus días como cadete. El hombre le hablaba mientras se arreglaba la pajarita, pero no le quitaba ojo a Taryn.

–Me preguntaba si podría bailar con la mujer más hermosa de toda la sala.

–Ahora no –dijo Cole sin titubear, y entonces se la llevó de la pista.

Capítulo Siete

A lo largo de la velada, Taryn tuvo ocasión de conocer a muchos de los amigos de juventud de Cole. Cuando estaban solos, hablaban de trabajo, pero ninguno sacaba el tema del baile, ni del beso.

Era como si ambos hubieran acordado no volver a mencionarlo. Pero Taryn no creía que fuera a ser capaz de olvidar ese pequeño momento de delirio, de rendición.

Cole era su jefe, no obstante, y el futuro de su adorado proyecto estaba en sus manos.

La semana siguiente transcurrió con normalidad en la oficina. Se mostraban cordiales y hablaban cuando era necesario, pero ninguno de los dos volvió a hacer alusión a aquella velada. Cuando llegó la mañana del viernes, el día en que iban a tomar el avión rumbo al enclave turístico, Taryn tenía un nudo de emoción en el estómago.

A las nueve en punto, escuchó que llamaban a la puerta y fue a abrir.

Arrebatadoramente sexy con unos vaqueros azul oscuro, Cole miró la maleta que estaba en el vestíbulo.

–Solo vamos a pasar dos días fuera, ¿recuerdas?

Había insistido en conducir hasta el aeropuerto y se había presentado treinta minutos antes, pero Taryn aún no estaba lista.

Apartando la vista de la V de la camisa que dejaba ver parte de su musculoso pecho, echó a andar por el pasillo, con él detrás.

–Tengo que recoger unas cosas antes de irme.

Ya en la cocina, sacó un paquete de galletitas para gato de la despensa. Cole caminó hasta la encimera.

–¿Tienes un gato?

–No es mía en realidad.

–¿Entonces por qué le das de comer? –le preguntó él, viendo cómo dejaba un bol junto a la puerta de atrás.

–Tiene nombre. Se llama Muffin –le dijo ella mientras recogía el cuenco del agua para rellenarlo.

–Vaya nombres tienen los gatos ahora.

–Es una gata callejera. Pero es amarilla y peluda como un pastel de vainilla. Muffin le quedaba bien –regresó junto a la puerta para dejar el agua–. Está a punto de dar a luz.

–Bueno, ¿crees que deberías alentarla?

Ella le lanzó una mirada.

–No puedo dejarla sin más para que se muera de hambre junto a sus gatitos. La envolvería en una manta y la llevaría al veterinario si pudiera acercarme más. Aunque tiene la panza enorme, sigue siendo muy rápida.

–A lo mejor es un espíritu libre –le dijo él, encogiéndose de hombros–. A lo mejor no quiere un hogar.

Taryn recordaba haberle dicho lo mismo a su tía la semana anterior, pero Vi tenía razón. Nadie, ni siquiera un gato, prefería estar sin un sitio donde refugiarse, donde sentirse querido.

El teléfono de Cole sonó en ese momento. Él habló durante un par de minutos y entonces colgó, pensativo.

—¿Pasa algo? —le preguntó ella, yendo hacia el fregadero.

—No. Era Brandon.

—¿Alguna novedad sobre lo de tu padre?

Cole apoyó sus bronceados antebrazos sobre la encimera. Llevaba la camisa remangada hasta los codos.

—Al parecer, el hombre al que Jeremy Judge persiguió hasta que se metió delante de un coche tenía un pleito con Hunter Enterprises —le dijo, moviendo la pulsera de platino de su reloj.

Taryn se dio cuenta de que debía de haber tomado el hábito de su padre, que también lo hacía con frecuencia.

—Hace un año habló con uno de nuestros reporteros respecto a una institución financiera que iba a ejecutar su hipoteca. El editor no quiso la historia al final. Cuando perdió su casa, decidió echarnos la culpa. Brandon no ha encontrado ningún indicio de delito en su historial —volvió a girar la pulsera—. Su mujer le había dejado. Sus hijos son mayores y ya no vivían con él.

Para Taryn la situación no podía ser peor. Parecía que el hombre no tenía a nadie a quien recurrir, nadie que le escuchara. A lo mejor sentía que no tenía por lo que vivir y meterse debajo de un coche le había parecido la mejor alternativa.

Taryn tomó un jarrón y fue a tirar las flores secas al cubo de la basura. Le encantaba disfrutar del aroma de las flores en casa. Ese era su capricho semanal.

Cole fue hacia una ventana. Retiró la cortina y miró fuera. ¿Acaso estaba buscando a la gata o buscaba algo mucho más siniestro?

–El pistolero no tenía antecedentes psiquiátricos –bajó la cortina–. Supongo que las épocas de crisis sacan lo peor de nosotros.

–La gente tiene elección.

La sonrisa de Cole fue de curiosidad.

–Una mujer íntegra.

–¿Qué somos sin eso?

–Pregúntaselo a mis hermanos. Espera. Retiro eso. Wynn al menos lo intenta.

Taryn llenó el jarrón con agua y entonces recordó que Wynn era el hermano que se ocupaba de la rama de prensa de las empresas de los Hunter en Nueva York.

–Tiene buenas intenciones –dijo Cole, mirando el móvil de nuevo–. Pero me temo que mi hermano pequeño tiende a pensar con el corazón antes que con el cerebro, lo cual seguramente es mejor que lo de Dex.

Dex… Era el hermano que llevaba la productora que tenían en Los Ángeles. Taryn comprobó el programa y encendió el lavavajillas.

–No he podido ponerme en contacto con Teagan.

–Tu hermana –Taryn cerró la última ventana–. Parece que le gusta pasar desapercibida. Nunca he visto nada sobre ella en las revistas.

–Cuando era una niña, Teagan era impresionante, lista, preciosa, con mucho talento. Nos hacía sentarnos a todos para que viéramos sus coreografías de las Spice Girls. Como era la más pequeña y la única chica, conseguía todo lo que quería.

De vuelta al vestíbulo, donde esperaba su maleta, Taryn sonrió.

–¿Qué hace ella en la empresa?

–Teagan no quiere saber nada del negocio familiar. A su falta de interés ella le llama «independencia». Yo lo llamo ingratitud. Tiene su propio negocio de *fitness* cerca de Washington.

–¿No habláis?

–Llevamos tiempo sin hacerlo.

–¿Entonces Teagan es la gata callejera que no quiere un hogar?

La expresión de Cole mostró sorpresa un instante y entonces esbozó una de esas sonrisas sexys que la hacían derretirse en secreto.

–Supongo que sí.

Taryn miró la hora en el reloj de pared. Ya estaban un poco retrasados.

–Será mejor que nos vayamos ya –dijo, tomando su bolso de mano–. No queremos perder el vuelo.

–¿Adónde vamos exactamente?

–Digamos que vamos a un sitio donde el sol y el mar son lo más importante.

–Bueno, con eso me has aclarado mucho.

–Solo puedo añadir que espero que hayas metido el protector solar en la maleta.

De repente Taryn recordó algo que había olvidado y regresó al dormitorio. Su atestado bolso no se rompería por meter un par de cositas más, dos cositas indispensables.

Después de seis horas en el aire, y diez minutos después de haber salido del avión del vuelo doméstico, Cole pensó que el destino turístico debía llamarse «A Taryn Quinn le faltan dos tornillos».

Por alguna extraña razón, cuando ella le había mencionado el tema, él había pensado en un destino de lujo, transporte en primera clase y aire acondicionado permanente. Y cuando le había dicho por fin que se dirigían a algún sitio de la Polinesia, la hipótesis le había parecido casi certera. Sin embargo, mientras subía al destartalado *station wagon* al que llamaban taxi, Cole comenzó a darse cuenta de las dimensiones de su colosal error.

Por suerte, el montón de chatarra al menos tenía cinturones de seguridad.

Mientras el conductor metía la primera marcha y pisaba el acelerador a fondo, Cole se aferró al reposabrazos como si le fuera la vida en ello. Miró a Taryn con disimulo y dejó escapar un gruñido. ¿Por qué sonreía ella?

–Cole, pareces sorprendido.

–¿Cómo dijiste que se llama este sitio?

–Ulani. Significa «feliz» o «contento».

El coche pasó por encima de un enorme agujero en el asfalto y la cabeza de Cole rebotó contra el techo. Taryn se rio.

–¿Por qué has escogido este sitio?

–Quería algo diferente, fuera de lo común –dijo ella, mirando por la ventanilla.

Las palmeras con vides enroscadas a su alrededor se sucedían una tras otra. A lo lejos se divisaba un enorme volcán.

–Cualquiera puede ir a Hawái o a Tonga.

–Me imagino que el complejo o el hotel al que me llevas, o lo que sea, no es de cinco estrellas.

–Según lo que he visto, yo le daría seis.

Otro de esos agujeros hizo saltar a Cole.

–Creo que voy a necesitar un masaje con urgencia.

–Puedo adelantar tu vuelo de vuelta si quieres.

–¿Y perderme toda la diversión?

El taxi se detuvo. Al volverse para ver el edificio, Cole se quedó boquiabierto. El sitio no era más que una choza.

–Tienes que estar de broma.

–En absoluto.

–Aquella noche en Marco's me dijiste literalmente que este programa podía empezar un nuevo género en televisión –Cole reparó en el perro que dormía cerca de la entrada–. A lo mejor deberíamos volver –murmuró entre dientes.

El conductor del taxi llevó sus maletas a la recepción. El cartel que colgaba encima de la oxidada puerta decía «Wel ome». La pintura de color verde se estaba descascarillando.

–Todavía estás a tiempo de escapar –le dijo ella, bajando del taxi.

Cole apretó los dientes y se mesó el cabello antes de bajar del vehículo.

–Me quedo, aunque solo para ver qué podría mantener a la audiencia pegada al asiento –dijo. No era eso lo único que le impulsaba a quedarse, no obstante.

Taryn siguió adelante, riéndose. Cole aceleró el paso y fue tras ella.

Nada más aterrizar, Taryn se había enamorado de ese oasis tropical. Un fin de semana no era suficiente. Ya en el mostrador de recepción de bambú, fueron

74

atendidos por una amable señora de mediana edad con una dentadura demasiado grande y una plaquita dorada en la solapa en la que se leía el nombre «Sonika». La empleada comprobó sus reservas y entonces apareció un hombre desnudo de cintura para arriba que recogió sus maletas.

La sonrisa de Sonika se hizo enorme.

–Les encantará su alojamiento –dijo con acento extranjero–. Su bungaló tiene una de las mejores vistas de la isla.

–¿Cuántos bungalós tienen? –preguntó Cole.

–Solo seis en toda la isla. Los otros cinco están ocupados –dijo la señora, cerrando el libro de registro–. Pero no se preocupe de encontrarse con alguien si no lo desea. La privacidad es nuestra promesa.

El hombre descamisado les acompañó a una puerta lateral y les hizo bajar por un largo sendero de arena flanqueado por palmeras y exuberantes helechos. Encima de ellos se agolpaban monos curiosos, apostados sobre las ramas, y un sinfín de pájaros cantaba y gorjeaba. El aire olía a las flores más exquisitas. Taryn quería suspirar. El entorno era privilegiado y lo único que necesitaba era el visto bueno de Cole. Solo podía esperar que le siguiera el juego y terminara admitiendo que había tenido una idea ganadora con lo de ese enclave ultraexótico. Todavía tenía que digerir la próxima sorpresa que le tenía preparada, no obstante.

Unos minutos más tarde llegaron al bungaló. El portero dejó el equipaje dentro.

Cole, que había estado tenso como una cuerda hasta ese momento, experimentó un cambio de humor repentino.

–Tengo que decir que tenía mis dudas.

Tomó un puñado de arena y dejó que se le filtrara entre los dedos mientras contemplaba la bahía que se extendía ante sus ojos como un plato infinito que reflejaba el azul del cielo.

–No es el Hilton, pero las vistas son espectaculares –reparó en una hamaca de calicó situada en el porche del bungaló–. Puedo imaginarme tumbado en esa hamaca. De hecho…

En cuanto dio un paso hacia la hamaca, Taryn se interpuso en su camino.

–Me temo que tienes un par de cosas que hacer antes de tumbarte.

–Nos tomaremos una hora para descansar antes de ponernos en marcha.

–No estoy hablando de eso. Cuando una persona llega a esta isla de la Polinesia, hay ciertos… requerimientos, deberes.

–¿Qué tenemos que hacer?

–Nosotros, nada. Tú.

Cole miró a su alrededor y dejó escapar una risotada.

–¿Hay que cazar un jabalí salvaje o algo así? ¿Meterse en las entrañas de un volcán?

Al ver que ella se mantenía seria, la media sonrisa de Cole se esfumó.

–Por favor, dime que ese volcán no está en activo.

–¿Recuerdas que te dije que el nombre de esta isla significa «feliz»? Este lugar también es un santuario donde la gente llegar a conocer y a apreciar a otros, y también donde llegan a entenderse a sí mismos.

Cole esperó unos segundos y entonces se encogió de hombros.

—¿Y?

—Aquí las mujeres son adoradas y reverenciadas, Cole. Las sirven y las atienden con esmero.

Cole intentó asimilar la idea.

—Las mujeres son adoradas…

—Sí.

—Bueno, ¿dónde está tu esclavo?

—Aquí mismo.

Cole miró por encima del hombro y entonces se dio cuenta de que hablaba de él.

—Aparte de lo de la hamaca y las vistas, no estás sumando puntos ahora mismo.

Taryn sintió un escalofrío en la espalda.

—No tienes por qué quedarte si ves que no lo vas a aguantar.

Cole le sostuvo la mirada unos segundos y entonces se quitó los mocasines en la arena.

—Pero si te dejo aquí sola, ¿quién te va a cepillar el pelo? ¿Quién te va a pelar las uvas?

En ese momento el hombre desnudo de cintura para arriba, con su formidable pectoral bronceado, pasó junto a ellos y le dedicó una sonrisa servicial a Taryn. Ladeando la cabeza, se encogió de hombros.

—Oh, estoy segura de que podré encontrar a alguien.

—Yo pensaba que ibas a vender esto como un programa para toda la familia.

—Estoy segura de que muchísimas madres infravaloradas adorarán mi programa.

—¿Y cuál es el reclamo para los pobres tipos que tengan que ir como perritos falderos?

—Bueno, tendrán tiempo de calidad para reflexionar.

–¿Mientras abanican a sus objetos de adoración con hojas de palmera?

–Y mientras disfrutan de las vistas.

Cole no le dio el gusto de verle ceder a la provocación.

–La magia de esta isla reside en el cambio de roles en las normas sociales y domésticas –dijo ella, siguiendo adelante–. Anima a los hombres a cuidar a sus mujeres, lo cual debería fortalecer sus relaciones. Sin duda habrás oído el refrán alguna vez. Dicen que con el sacrificio viene la recompensa. Con el trabajo llega la recompensa.

–Con el sacrificio viene la recompensa –repitió él.

Ella asintió y se dirigió hacia el bungaló.

–Pero, antes de que te pongas a pelarme la fruta, deberíamos deshacer la maleta.

Cole se masajeó la frente.

–Solo vamos a pasar dos días aquí.

–La ropa se arruga.

–No vamos a cenar con la reina.

A punto de subir el primer peldaño de la entrada, Taryn se giró.

–Si quieres tenerlo todo en una bolsa, adelante –le dijo, y siguió subiendo.

Cuando llegó a la puerta del bungaló, a Cole se le encendió una bombilla.

–A lo mejor no necesito deshacer la maleta, pero, si he entendido esto bien, mientras estemos aquí, como tú eres la mujer y yo soy el hombre, se supone que tengo que adorarte, ser tu esclavo.

–Has sido tú quien ha usado la palabra «esclavo» –le dijo, apoyando la mano en el picaporte de bambú.

–Pero los invitados masculinos del programa tendrán que ocuparse de muchas tareas para que sus mujeres puedan descansar. Ese es el truco, ¿no? La oportunidad de confrontación y redención… Quieres que los concursantes y los telespectadores experimenten eso, ¿no?

–Eso es.

–Y eso significa que, si bien no quiero deshacer mi maleta, sí debería deshacer la tuya, si quiero enterarme de verdad de cómo van a ser las cosas –dijo, subiendo los peldaños.

Taryn arqueó una ceja.

–No hay por qué excederse.

–¿Quieres que conozca bien el proyecto o no? No quisiera que nadie fuera a decir que no te di una oportunidad de verdad.

–Soy perfectamente capaz de…

–Bueno, si no quieres intentarlo como Dios manda…

Taryn pareció contener el aliento. Mientras se la imaginaba con el corazón en la garganta y la cabeza hecha un remolino, Cole tuvo que hacer un esfuerzo por contener la sonrisa.

–No te molestes en sacar lo que está en la cartera con cremallera –le dijo ella finalmente.

–Claro. Tú ve a buscar una piña colada y déjame a mí el trabajo, aunque prepararte un cóctel también es parte de mi trabajo. Túmbate un rato en la arena hasta que pueda serte de utilidad de nuevo.

Al entrar al bungaló, Cole hizo un gesto teatral. Aún no se le había pasado la estupefacción.

Taryn bajó los peldaños de la entrada y se dirigió

hacia la arena. Las palmeras se mecían al suave ritmo de la brisa marina y el calor del sol era como un bálsamo. Aquello era el paraíso.

Un movimiento entre los matorrales captó su atención. Un niño emergió de entre unos helechos. Tendría unos seis años.

Fue hasta ella, apuntó a sus pies con un dedo y entonces señaló la silla que estaba situada a un lado de la escalera de la entrada. Taryn se rio.

–Gracias, pero no estoy cansada –se agachó–. ¿Cómo te llamas?

El chico echó a correr hacia los helechos. Un segundo después oyó la voz de Cole.

–¿Dónde quieres que ponga esto?

Taryn dio media vuelta. Cole estaba en la puerta. Tenía el sujetador de su biquini en una mano y la parte de abajo en la otra. Después de sentir el rubor por todo el cuerpo, logró hacer que su boca articulara palabras.

–¿Pero qué haces?

–Estoy deshaciendo la maleta, como me dijiste.

–Te dije que no sacaras nada de la carterita con cremallera.

–Pero esto estaba arriba.

Mientras agitaba las dos piezas en el aire, Taryn comprendió lo que había pasado. Normalmente ponía su ropa más íntima en un compartimento separado y con cremallera, para mantenerlas aparte y encontrarlas mejor, pero había recordado el traje de baño en el último momento, así que lo había echado encima de todo lo demás.

Además, ¿qué importancia tenía? Solo eran dos piezas de licra.

–Interesante atuendo para trabajar, señorita Quinn –dijo él, suspirando y esbozando una sonrisa sarcástica–. Y yo que pensaba que hablaba en serio con lo de este fin de semana.

Taryn subió los peldaños y le quitó las prendas de las manos. Sorprendentemente él no se rio. Ni siquiera sonrió, de hecho. Apartó la mirada sin más y se frotó la nuca como si se sintiera incómodo, lo cual, dadas las circunstancias, era difícil de creer para Taryn.

–¿A qué viene esa mirada? –le preguntó.

–Pensé que sería mejor decir que… –Cole no terminó la frase.

–¿El qué?

–¿Solo hay una cama?

Después de un momento de vacilación, ella se echó a reír.

–Claro que hay más de una cama.

Cuando había hecho la reserva se había asegurado de que la cabaña contara con dos dormitorios, Y también había pedido que estuvieran en lados opuestos del bungaló.

–A lo mejor deberías haber reservado dos bungalós, solo para estar seguros –le dijo él.

–Ya oíste a la mujer de la recepción. Solo hay otros cinco bungalós y están ocupados.

La realidad se impuso ante sus ojos por fin. Había habido un terrible malentendido y la cabaña solo tenía una cama. Sin embargo, incluso aunque otro huésped estuviera dispuesto a cambiarles el bungaló, no quería molestar a Sonika. Un fin de semana en ese lugar costaba un ojo de la cara y se estaban alojando gratis. Tenía que haber otra manera.

Cole le parecía atractivo y no sabía cómo iba a terminar ese fin de semana, pero no quería que él pensara que había planeado las cosas de esa manera. Después de darle vueltas al problema durante unos segundos, esbozó una sonrisa poco convincente.

–Dijiste que te gustaba la hamaca.

–¿Quieres que me coman los mosquitos?

–Habrá un sofá.

–Entonces dormiré en el sofá.

–Si no te importa la falta de privacidad, no me quejo.

Taryn sintió que empezaba a hervirle la sangre.

De repente, la expresión de Cole cambió. Se puso erguido y miró hacia la maleza. Ella siguió la dirección de su mirada. Las rayas azules de una camiseta asomaron entre los helechos durante un instante.

–Es un niño –le explicó Taryn–. Vino antes. Quería que me sentara y descansara.

–Pensaba que era yo quien estaba a cargo de mimarte.

Taryn entró en el bungaló para ver lo de la cama.

–A lo mejor te han asignado un ayudante.

–¿Crees que necesito ayuda?

Ella puso los ojos en blanco.

Ya en la estancia principal, se volvió. Cole estaba justo detrás de ella. De repente su mirada le acarició los labios un momento. A Taryn se le aceleró la respiración y no pudo evitar levantar la barbilla un poco. Estaba tan cerca de ella que durante una fracción de segundo pensó en rendirse, en bajar las defensas y dejarse ganar… porque realmente deseaba besarle con todas sus fuerzas.

Cole buscó su mano y entrelazó los dedos con los

suyos. Taryn cerró los ojos y ese cosquilleo se convir-
tió en una tormenta que rugía por todo su cuerpo. De
repente se sintió tan mareada que no fue capaz de pensar con claridad.

Entreabrió los labios. La mirada de Cole seguía fija
en sus labios. Levantó sus manos entrelazadas y las
apoyó sobre su pecho duro y fornido. Después de unos
segundos sonrió.

–¿Sabes en qué estoy pensando?

–Dime –Taryn respiró.

–Estoy pensando en que un dormitorio seguramente será más que suficiente.

Capítulo Ocho

Todo el mundo se desvaneció a su alrededor. Cole la rodeó con los brazos y la atrajo hacia sí. Ella no se resistió. No pareció pensárselo dos veces. Simplemente dejó que la besara, entreabriendo los labios e invitándole a entrar. Él sabía tan bien como ella que ese beso estaba destinado a producirse. Y ese abrazo era solo el primero.

Él la agarró de la nuca y la hizo echar la cabeza hacia atrás, mientras que con la otra mano descendía sobre su cadera hasta agarrarle el trasero. Ella respondió con un gemido, sujetándole las mejillas con ambas manos para después alborotarle el cabello.

El beso cambió. Se hizo más profundo. Las manos de Cole comenzaron a deslizarse hacia arriba, por debajo de su falda, por debajo de sus braguitas, buscando ese lugar entre sus muslos. Estaba caliente, lista.

Apretándola contra su cuerpo, sintió el pálpito de su propia erección. Ella arqueó la espalda y comenzó a moverse contra el roce de su mano. Él metió la mano más adentro y encontró ese tesoro ultrasensible.

Gimiendo, Taryn apartó los labios de él.

—La cama está justo ahí —le dijo él.

Con los ojos cerrados, estiró el brazo y le agarró de la mano por la muñeca.

—Lo siento, Cole. No podemos hacer esto.

–Claro que podemos. Esto lleva en proceso desde el día en que nos conocimos.

–Solo hace dos semanas que nos conocemos.

Él le mordió el labio inferior.

–Así nos conoceremos mucho mejor.

Ella abrió los ojos.

–Cole, esto es mala idea.

–¿Te parece mal?

Volvió a besarla y ella volvió a derretirse en sus brazos. Al ver que parecía tambalearse, la tomó en brazos. Sin dejar de besarla, logró avanzar hasta la puerta del dormitorio, pero una vez cruzó el umbral, ella se puso tensa y apartó la cara.

–Cole, nos vamos a arrepentir de esto.

–Confía en mí. No nos vamos a arrepentir.

–No querrás sentir que has aprobado mi proyecto simplemente porque nos hemos acostado juntos.

–No te preocupes –la levantó en los brazos y le rozó el cuello con la punta de la nariz–. Yo no haría eso.

–¿Ah, no?

Olía a flores. Su piel era tan suave y lisa… Ella murmuró su nombre y Cole recordó: ¿eso afectaría a su decisión respecto al programa?

Volvió a rozarse contra su cuello.

–Los negocios son los negocios –murmuró contra su mejilla.

–¿Entonces, podrías besarme, hacer el amor conmigo y volver a ser el jefe, volver a ser tú?

Él la miró a los ojos.

–¿Qué tiene de malo ser yo?

–Nada. Normalmente, supongo –dijo ella, encogiéndose de hombros.

Él echó atrás la cabeza.

–Sí que sabes cómo destruir un momento bonito.

–Yo iba a decir lo mismo.

Cole sintió una presión en el pecho y la mirada de Taryn se oscureció. Se miraron a los ojos.

–Creo que deberías bajarme –le dijo ella, y entonces intentó zafarse. Él no parecía tener intención de soltarla–. Cole, por favor…

La apoyó en el suelo.

–No creo que debamos volver a hacer esto… Sé que necesito algo de tiempo a solas, algo de espacio.

Se sonrojó y señaló la puerta.

–¿Quieres que me vaya? –le preguntó él.

–Estaría bien que lo hicieras en los próximos cinco segundos.

Cole se frotó la cara. A lo mejor no había previsto que las cosas se les fueran de las manos tan rápido, pero había visto lo que había metido en la maleta para dormir, y el encaje blanco no lanzaba un mensaje de falta de interés precisamente.

Taryn oyó cómo se alejaban sus pasos sobre las tablas de madera del suelo. Se mordió el labio. Lo que más le molestaba era que él tenía razón. Sí que deseaba ese beso. Quería sentir sus fuertes brazos alrededor.

Una parte de ella, sin embargo, quería castigarle un poco por la forma en que se había burlado cuando había encontrado el biquini. Se había divertido a su costa.

Taryn tiró del nudo que estaba a un lado de su vestido cruzado. Le tocaba divertirse un poco.

***

Ansioso por enfriarse rápidamente, Cole se fue a nadar en calzoncillos. Cuando salió del agua, deseó haber llevado una toalla, pero era mejor secarse en la arena que tener que volver a entrar en la casa y encontrarse con esa mujer que le estaba volviendo loco.

Mientras alisaba un poco la arena con la palma de la mano vio salir a Taryn del bungaló. El corazón le dio un salto nada más verla y estuvo a punto de perder el equilibrio.

No podía creer que se hubiera puesto el biquini.

Se detuvo al pie de los escalones y levantó el rostro para disfrutar de la luz del sol. Ni siquiera se había puesto uno de esos pareos.

Al mirar a su alrededor, Taryn reparó en él. No le saludó con la mano, pero sí sonrió. Era una sonrisa perezosa, llena de confianza. Caminó directamente hasta él y se detuvo justo a la altura de sus ojos.

—¿Qué tal está el agua? —le preguntó, mirando hacia el agua mientras dibujaba una línea con la punta del dedo en la arena.

Cole tropezó hacia adelante, pero se recuperó rápidamente. Se sentó sobre una pierna flexionada y apoyó el brazo en la otra.

—Parece que estás a punto de averiguarlo por ti misma.

Ella bajó la mirada como si acabara de darse cuenta de que estaba casi desnuda.

—Oh, me lo voy a poner debajo de un mono. Quería estar cómoda mientras daba el primer paseo por la zona. He marcado un par de sitios que me gustaría utilizar —se levantó la melena con ambas manos—. Me alegro de haberme quitado esa ropa de trabajo. Estaba muy sudada.

Él dejó de mirarla y cerró la boca. Sentía la garganta hinchada y estaba tenso como una vara.

–Te mereces un descanso.

–Yo estaba pensando lo mismo.

Él se quedó pensativo un momento.

–Si querías dejarme algo claro, te ha salido muy bien.

–¿Qué podría querer dejar claro?

–Que este es tu proyecto y tu iniciativa, que tú controlas los tiempos, y que a lo mejor que no debería haberme burlado de ti antes cuando saqué tu biquini.

Taryn parpadeó dos veces, como si su repentina sinceridad le resultara sorprendente.

–¿Eso es una disculpa?

–Una disculpa con un aviso. Te lo buscaste cuando me metiste en el mismo saco que todos esos hombres sirvientes de esta isla.

–Te lo merecías, teniendo en cuenta cómo me provocaste.

Él miró hacia el cielo. Soltó el aliento.

–Muy bien. Simplemente ten algo de piedad y ve a cubrirte un poco.

Los ojos de Taryn brillaron y entonces pasó por su lado como si nada.

–No es que no hayas visto a una mujer en traje de baño en toda tu vida.

–Ahora mismo no recuerdo a ninguna.

Taryn se volvió hacia él con el ceño fruncido.

Por el rabillo del ojo, Cole vio algo de movimiento. Era esa camiseta de rayas que había visto antes, el chico del que le había hablado ella.

Ella no tardó en ver al niño también.

–Oye, has vuelto –dijo, sonriendo.

Rápido como un conejo, el chico la agarró de la mano y comenzó a tirar de ella en dirección al bungaló. Cole se puso en pie y se puso los vaqueros.

–¿Qué sucede? –preguntó al ver que el chico se llevaba a Taryn hacia el bungaló.

El niño no dijo nada. Siguió adelante sin darse por aludido.

–Quiere que me siente y me relaje.

El niño puso la bandeja que llevaba delante de una silla y entonces echó a correr hacia una esquina de la cabaña. Regreso segundos más tarde con un viejo cubo de madera.

Cole dio un paso adelante.

–¿Qué hace?

Taryn miraba al niño como si fuera la criatura más adorable del mundo.

–Creo que me está preparando un baño para los pies.

La mente de Cole dio un paso atrás. Era hora de buscarse una bebida fría y tumbarse en la hamaca.

–Lo siento, chico. Estoy fuera de servicio.

Taryn abrió la boca para decir algo, pero entonces se lo pensó mejor. Se sentó en la silla y miró a Cole en silencio. Él le devolvió la mirada afilada.

–¿Qué?

–Es que no puedo entender cómo puedes ignorar esa carita, esos enormes ojos marrones –Taryn se echó hacia atrás y tamborileó con los dedos sobre los reposabrazos de la silla–. Supongo que los grandes ejecutivos de la tele no tienen tiempo para los niños.

–Tengo un hermano pequeño de su misma edad.

–Oh. ¿Le ves a menudo?

–Tanto como me permiten mis circunstancias.

–¿Tan a menudo? –exclamó Taryn en un tono que casi parecía sarcástico.

Cole apretó la mandíbula. No se iba a molestar en darle detalles.

Mientras miraba al chico, sin embargo, sí comenzó a notar más de un parecido con su hermano Tate. Tenía esa misma inocencia radiante como las luces de un árbol de Navidad en la mirada. Cole soltó el aliento y tiró la toalla.

–Muy bien. ¿Adónde quieres llevarme?

El chico le dio el cubo.

–¿Quieres que lo llene? –Cole miró a su alrededor y reparó en un grifo. Fue a agarrar al cubo, pero el chico sacudió la cabeza y señaló un sendero que desaparecía entre la vegetación tropical.

Taryn cruzó las piernas.

–Quiere que vayas con él.

El chico esbozó esa sonrisa de oro de nuevo.

–Qué suerte tienes de ser tan mono –dijo Cole, rascándose la cabeza. Tomó el cubo–. Trata de no echarme de menos –le dijo a Taryn mientras se alejaba.

–¿Cómo voy a soportarlo?

Cole siguió andando, pero una sonrisa asomó en la comisura de sus labios.

Diez minutos más tarde, Junior y él se abrían camino entre los helechos y la maleza. Sin duda Tate hubiera hecho buenas migas con él. A lo mejor un día podría volver acompañado de su hermanito pequeño.

Al final se detuvieron delante de un arroyuelo rodeado de pedruscos cubiertos de musgo. Primero se echó un poco de agua en la cara y entonces tomó un poco en la mano y bebió. Sabía tan bien, tan limpia. Una vez se sació, llenó el cubo.

De repente se fijó en una enorme flor roja que se había caído al suelo. Debía de ser una especie de híbrido de hibisco. Los pétalos parecían cerrados, como si se hubiera quedado dormida en mitad del día. Al ver su interés, el chico recogió la flor con cuidado. A lo mejor se la iba a llevar de regalo a Taryn. Cole sonrió. Era un chico estupendo.

–¿Dónde están tu padre y tu madre?

El chico echó a andar por el camino, pero terminó tomando otra senda llena de palmeras enanas y mariposas de colores. Después de unos minutos, un claro apareció ante ellos. El chico señaló un conjunto de bungalós. Un grupo de gente vestida con ropa informal occidental preparaba comida y hacía cosas con madera. Había varios niños que corrían alrededor de las edificaciones, riéndose y jugando. De pronto apareció una mujer que llevaba a un niño en una bolsa para bebés. Junior señaló con el dedo.

–¿Tu madre? –le preguntó Cole.

El chico habló en su lengua, asintiendo con la cabeza, y entonces echó a andar de nuevo con la flor todavía en las manos. Cole cambió el cubo de manos y fue tras él.

Mientras tanto, en el bungaló, Taryn se había apiadado de él. Se había puesto un vestido ligero encima del biquini y en ese momento observaba el juego de unos delfines en la bahía.

Cerrando los ojos, Cole aspiró el aroma del océano. Si no se hubiera hecho cargo del negocio familiar, sin duda hubiera buscado un oficio en el mar. Siempre se había preguntado si no habría un pirata o un marinero entre sus ancestros.

–Has vuelto –le dijo Taryn al verle aparecer.

–Y traigo regalitos –Cole le enseñó el cubo.

Bajando la cámara, Taryn le vio acercarse con el cubo, acompañado de su nuevo amiguito.

–El agua que traigo te va a dejar los pies como la seda –le dijo él al tiempo que ella le ponía la tapa a la lente de la cámara.

–¿Tan buena es?

–Pregúntale a él.

El niño ya se estaba adentrando entre los frondosos árboles.

–Un hombrecillo ocupado –dijo Cole, encogiéndose de hombros y sonriendo.

Fue hacia las sillas, sin duda para llenar la bandeja.

Taryn quería decirle que no se molestara, ya que no iba a darse un baño de pies. El juego de los hombres sirvientes había terminado, al menos para ellos. Sin embargo, mientras contemplaba esa perfección masculina, todos esos músculos duros que asomaban en sus brazos y en su pecho, se lo pensó mejor.

Después de llenar la bandeja, Cole se incorporó y se volvió hacia ella.

–No tenías por qué hacerlo.

Cole se apartó el mechón de pelo que le había caído sobre la frente.

–No quería decepcionar a nuestro amigo, ¿no? –bajó los peldaños–. Voy a ver si consigo unas bebidas.

–Hay bebidas en el armario –dijo Taryn–. Mezcladores y vino en la nevera.

En cuanto las palabras salieron de su boca, Taryn se dio cuenta de que había hablado sin pensar. Después de lo ocurrido el día anterior, no era buena idea ofrecer alcohol.

–Tengo bastante con una cerveza. ¿Quieres algo?

Cuando se detuvo en el rellano de los peldaños y miró atrás, Taryn sintió que el estómago se le encogía. Le hizo un gesto para que siguiera adelante.

–Tomaré algo con la cena –le dijo.

Antes de que Taryn terminara la frase, él señaló el claro.

–Si no me equivoco, creo que ha llegado la cena.

Tres hombres y dos mujeres aparecieron en ese momento. Llevaban suficiente comida para alimentar a un rey y a toda su corte.

Entre los cinco prepararon una mesa junto a la orilla y las señoras llenaron una mesa accesoria con crema de mariscos, moluscos y jugosos trocitos de papaya. También había cocos abiertos rellenos de ensalada, flores de tomate y cadenetas de flores.

Cole fue hacia Taryn. Los empleados del complejo les estaban preparando lo que parecía una cena privada y romántica.

El sol se estaba poniendo y las sombras que arrojaban las palmeras se alargaban cada vez más. Los hombres clavaron antorchas en la arena y, un momento después, las llamas hicieron más evidente la penumbra creciente del crepúsculo. Después de llenar una jarra con una bebida de un color rosa pálido, el grupo se despidió con una sonrisa.

Con el estómago haciendo ruido, Cole se tocó el pecho.

–Bueno, esto es muy especial.

–Me mandaron fotos y menús, pero… Sí –Taryn avanzó–. Es increíble.

Cole retiró la silla que estaba junto a ella, invitándola a sentarse.

–Este entorno nos dará unas grabaciones espectaculares –dijo ella, mirando a su alrededor.

El cielo, de color zafiro, comenzaba a mostrar las primeras estrellas.

–Me pregunto si los nativos comen así todas las noches –Cole retiró la otra silla para sentarse–. Cuando volvíamos del arroyo, nuestro amiguito me enseñó su pueblo. No hay ni teléfonos móviles ni portátiles por ningún sitio.

–Es bueno desconectar del mundo exterior –Taryn abrió su servilleta–. ¿Cuándo fue la última vez que te tomaste unas vacaciones?

–No tengo tiempo para vacaciones, pero ahora estoy aquí, ¿no? –levantó su copa–. Salud.

–Se supone que esto no son vacaciones –Taryn bebió un sorbo y suspiró.

La bebida, afrutada y dulce, era exquisita.

–Además, solo van a ser un par de días.

–Y yo los estoy disfrutando mucho.

–Bueno, eso demuestra que deberías hacerlo más a menudo.

–Supongo que sí.

Cole titubeó. Su intención no había sido hablar en plural, pero Taryn ni siquiera pestañeó cuando le oyó utilizar la forma plural.

Cuando terminaron de beberse el dulce néctar rosado, una de las mujeres apareció con nuevos manjares. Taryn pensó en preguntarle algo.

–¿Podría decirme cuál es el mejor camino para dar un paseo por la playa esta noche? Quiero hacer algunas fotos de noche –le explicó a Cole.

–Hoy habrá luna llena –les dijo la mujer, rellenándoles las copas–. Vaya por donde vaya, el camino no es abrupto. Hay más nidos de tortuga por ahí –la mujer inclinó la cabeza hacia la derecha–. A lo mejor incluso ven a alguna saliendo del cascarón.

Taryn se incorporó.

–¿En serio?

–Ponga una manta en la playa y a lo mejor tiene un poco de suerte –le dijo la mujer, dejando la jarra–. Pero no use una antorcha o una linterna. Eso confunde a las crías –señaló hacia la playa de nuevo–. Verá los nidos. Los niños los marcan.

Cole también parecía interesado.

–¿De verdad cree que veremos salir a alguna?

–Las tortugas hembra suelen volver al mismo sitio donde dejan sus huevos, y esa zona les gusta mucho –la empleada les cambió los platos–. No olviden llevarse una manta. La brisa del mar puedes ponerse algo fresca de noche.

–Entonces te gustan las tortugas, ¿no? –le preguntó Taryn a Cole cuando la mujer se alejó.

–La clase de Tate está suscrita a un programa de conservación de tortugas.

–A lo mejor tenemos suerte y conseguimos algunas instantáneas buenas para que pueda llevarlas a clase –Taryn echó atrás la silla–. Creo que voy a ver si charlo un poco más con la mujer. A ver si me dice qué lugares merece la pena visitar.

–Yo estaré en la hamaca –Cole se puso en pie y estiró los brazos por encima de la cabeza.

–A lo mejor no deberías tomarte unas vacaciones de verdad. Igual después ya no quieres regresar.

–¿Y dejar a otra persona a cargo de todo?

Ya fuera intencional o no, sus dedos la rozaron cuando pasó por su lado.

–Sigue soñando –le dijo.

–Tengo mantas.

Cole levantó la vista desde la hamaca. Estaba medio dormido. Taryn estaba a unos metros de distancia, con unas mantas en las manos. Espabilándose, saltó de la hamaca.

–¿Era una invitación?

–Dijiste que te gustaban las tortugas.

–Dije que le gustaban a Tate –se acercó a ella–. ¿No te llevarás una decepción si no pasa nada?

–Pero a lo mejor pasa algo.

Tomando las mantas, Cole echó a andar. Unos segundos más tarde bajaban hacia la playa. Una enorme luna llena brillaba en el firmamento.

Llegaron a un sitio donde había unas cuantas estacas enterradas que llegaban hasta el muslo. Tenían cinta adhesiva de color rojo alrededor. Eran las áreas protegidas para los nidos.

Cole miró a su alrededor. Las dunas no eran muy pronunciadas, la arena esa suave, la vista idílica… Era el sitio perfecto para poner las mantas.

–Parece que este va a ser nuestro campamento base.

La duna cubierta por la manta resultó ser un cómodo sillón. Reclinándose junto a Taryn, Cole le echó la otra manta sobre las piernas. La mujer tenía razón. La brisa marina era refrescante, pero Taryn podría tener frío.

Después de varios minutos escuchando el murmullo de las olas al romper contra la orilla y el susurro del follaje a sus espaldas, Cole comenzó a impacientarse.

–¿Cuál crees que será su hora favorita para nacer? ¿No suelen nacer los bebés a eso de las dos de la mañana?

La risa de Taryn se fue con el viento.

–¿Te los imaginas a todos durmiendo en sus huevos, esperando a que llegue el momento adecuado? Y tantos que son –Taryn frunció el ceño–. ¿Crees que las mamás tortuga se preguntan alguna vez cómo salen sus crías?

Cole sonrió.

–No.

Taryn bajó la mirada.

–Me pregunto cómo estará Muffin y su enorme panza.

En la penumbra parecía pensativa. Cole quiso poner una mano sobre la de ella.

–Estará bien. ¿Ya tienes casa para los gatitos? –le preguntó al recordar su teoría sobre los gatos callejeros.

–¿Estás interesado? –Taryn esbozó una media sonrisa–. Oh, claro. Los hombres de verdad no tienen gatos.

–Me gustan porque cuidan de sí mismos. Tienen un carácter independiente.

–No hay mejor sensación que la de saber que puedes hacer lo que te da la gana en la vida.

–¿Entonces no sueñas con casarte con un rico que te colme de lujos por el resto de tu vida?

–Supongo que has conocido a unas cuantas que estarían encantadas de arreglarse la vida junto a un magnate tirano.

Cole hizo como si se ajustara el nudo de la corbata.

–Vaya. Haces que parezca todo un partido.

Ella no pudo evitar la sonrisa.

De pronto, ninguno de los dos tuvo nada más que decir.

–¿Has visto eso? –preguntó Taryn de repente, incorporándose–. ¿No se ha movido algo?

Cole miró a su alrededor.

–No he visto nada –tomó un puñado de arena y dejó que los granos se le escaparan entre los dedos–. Te he puesto nerviosa.

Manteniendo la vista al frente Taryn se encogió de hombros.

–¿Por qué? No estoy nerviosa. No estoy… de ninguna manera en especial.

Cole guardó silencio un momento. Contempló su perfil.

–No es cierto.

Ella retorcía los dedos sobre la manta, tapándose hasta el cuello.

–Sí que lo es.

–¿Y si hago esto?

Se inclinó hacia ella, pero se detuvo un instante antes de rozarle el cuello con los labios.

–¿Ahora sí estás nerviosa?

La oyó tragar en seco.

–No es esa la palabra que me viene a la mente.

–A lo mejor no deberíamos preocuparnos por las palabras.

Sucumbiendo al momento, Cole aspiró su exquisita fragancia y entonces le rozó el cuello, justo allí donde el pulso le latía frenéticamente. La sintió estremecerse, pero no se apartó.

Sin dejar de mirar al frente, levantó la barbilla.

–Creo que deberíamos volver.

–Como quieras –Cole deslizó los labios hasta el lóbulo de su oreja.

Ella echó atrás la cabeza lentamente y se volvió para mirarle a los ojos. Sus narices se tocaban.

–¿Te sorprenderías si te dijera que siempre he querido hacer el amor en la playa, bajo la luna llena, con un montón de huevos de tortuga a punto de eclosionar?

Los ojos de Taryn reflejaron una sonrisa.

–Qué coincidencia.

Él le rodeó la nariz con la suya y le dio un beso en la comisura de los labios.

–Cole, cuando dije que a lo mejor teníamos suerte, no me refería a esto.

Poniendo la mano sobre su brazo, Cole la hizo acercarse.

–Yo sí.

Capítulo Nueve

Cole le había dicho que no debían preocuparse por las palabras y cuando la tomó entre los brazos, reclamando sus labios, Taryn no pudo sino estar de acuerdo. El tiempo para la conversación se había acabado. Había mentido al decirle que no había pensado que aquello pasaría, y no solo le había mentido a Cole, sino que también se había mentido a sí misma.

Mientras buscaba refugio en su calor masculino y aceptaba el beso, la mente se le quedó en blanco. Deslizó las manos por su cabello, haciéndole saber que no tenía por qué parar. Podía besarla con más fuerza, si lo deseaba. El placer físico de la piel contra la piel, las sensaciones delirantes…

Cole se había desabrochado los botones de la camisa y en ese momento se la estaba quitando. Cuando Taryn sintió el roce de su pecho duro y musculoso, su propio cuerpo respondió de inmediato. Los pezones se le hincharon. Se le endurecieron hasta dolerle.

Quedándose sin aire, interrumpió el beso un instante para recuperar el aliento y entonces agarró su vestido. Mirándola con ojos hambrientos, Cole la ayudó. Agarró el tejido arrugado alrededor de sus muslos al tiempo que ella levantaba ambos brazos. Después de unos segundos de delicioso forcejeo, quedó desnuda de cintura para arriba.

Atravesándola con la mirada, Cole la hizo echarse atrás hasta hacerla tumbarse en la manta extendida sobre la arena. Entonces bajó la cabeza y le cubrió uno de los pezones con los labios, lamiéndoselo. De repente la mordió suavemente, desencadenando un relámpago que la recorrió por dentro.

Reprimiendo un gemido, Taryn se aferró a su cabeza y arqueó la espalda para absorber todo el placer posible. Cole tenía la palma de la mano sobre su otro pecho, y le masajeaba y le pellizcaba el pezón con pericia. Mientras enredaba los dedos en su pelo y deslizaba las palmas de las manos por su fornida espalda, Taryn se estremeció. Un deseo frenético se apoderaba de ella y tenía que descubrirlo todo de él, cada centímetro de su cuerpo, cada forma, cada línea.

Él volvió a besarla. Deslizó la palma de la mano por su abdomen e introdujo los dedos por dentro de la banda elástica de las braguitas. Cuando llegó a la unión entre sus muslos, suspiró sobre sus labios. Taryn notó cómo se le relajaban y se le contraían los músculos en un abrir y cerrar de ojos. De pronto murmuró algo. Fue un elogio a su belleza, y entonces le dijo lo mucho que había esperado que llegara ese momento. La Taryn más cínica hubiera pensado que esas eran las cosas que los hombres les decían a las mujeres antes de hacerles el amor, pero por alguna razón incomprensible sintió que confiaba en sus palabras. Y se sentía tan hermosa en ese momento...

Le puso las manos en la cintura de los pantalones, dispuesta a seguir adelante. Sonriendo contra sus labios, Cole la dejó pelearse con el tejido unos instantes al tiempo que deslizaba la yema del dedo por sus labios más íntimos. Tenía las braguitas húmedas y él quería hacerla humedecerse aún más. Mientras la colmaba de besos en la barbilla, en la mejilla y en las comisuras de los labios le trazó un círculo ardiente alrededor y por encima del clítoris. Taryn no era capaz de contener los temblores… esos suspiros que le salían del alma. Quería que esa felicidad llameante durara para siempre, pero también quería sentirle, probarle.

–Quítate los pantalones –le dijo.

Él le robó otro beso abrasador.

–Pronto, cariño, pronto.

Comenzó a bajar, dejándole un rastro de besos por el cuello, sobre las curvas de sus pechos, de sus costillas, su abdomen… Cuando llegó a su ombligo, trazó con la lengua el mismo círculo que dibujaba con el dedo más abajo.

Arqueando los hombros, Taryn le empujó la cabeza en un acto reflejo. Un momento más tarde, la presión de su dedo fue reemplazada por el húmedo calor de su lengua. Taryn contuvo el aliento y, una vez cayó la primera lluvia de estrellas, comenzó a moverse, siguiendo un ritmo regular con las caderas. Su corazón, acelerado, retumbaba al compás de la misma cadencia.

Poco a poco, los rayos de luz que asomaban en cada rincón de su cuerpo comenzaron a brillar con más fuerza, y el calor que se acumulaba en el centro de su feminidad la hizo entrar en ebullición. Apretó los párpados y su respiración se hizo dificultosa.

Pensó que él quizás retrocedería un poco, que se detendría un instante para hacerla enloquecer… Se aferró a su piel con las uñas y buscó la liberación con todo su ser.

Movía las caderas cada vez más deprisa. Mordiéndose el labio, intentaba desencadenar ese orgasmo que estaba a punto de producirse. De repente Cole cubrió su boca con un beso ardiente y separó sus labios más íntimos para luego introducir un dedo. En cuanto aplicó la presión adecuada en el sitio más sensible, Taryn sintió un remolino de sensaciones que se fundían en una sola. Durante lo que dura el latido de un corazón, todos los sentimientos y pensamientos quedaron congelados en el tiempo, desterrados en un lejano universo crepuscular.

Y una fracción de segundo más tarde se produjo esa explosión. Esquirlas brillantes volaron en todas direcciones y una serie de temblores regulares la hicieron sacudirse por dentro, haciendo vibrar cada célula de su cuerpo.

Cole no se sorprendió de que hubiera alcanzado el clímax tan rápido, y de que fuera tan intenso. Ella también se había dejado llevar por el instinto más puro y la recompensa había sido gloriosa, liberadora. Le encantaba sentir el tacto de sus labios y su propio cuerpo se había tensado como una vara al probar esos pechos firmes.

Lentamente retiró el dedo que había introducido dentro de ella y le separó un poco más los muslos, acomodando los labios una fracción de centímetro más abajo. Su aroma, mezclado con ese sabor, era embriagador y dulce. Disfrutándola de esa manera, sintió sus últimas contracciones y entonces ella le enredó los dedos en el cabello. Murmuraba algo. Le alentaba a seguir. Cara a cara de nuevo, le miró a los ojos. Su expresión somnolienta hablaba por sí sola. Cole deslizó los labios, húmedos con su sabor, sobre su boca, y entonces la besó, primero suave y después intensamente, maniobrando al mismo tiempo hasta quedar libre de ropa.

Siempre llevaba la billetera en el bolsillo de atrás del pantalón, así que sacó uno de los envoltorios de plata que guardaba en ella. Tumbada sobre la manta, Taryn extendió los brazos hacia él al tiempo que él se colocaba en la mejor posición posible. Sintiendo cómo enroscaba los muslos alrededor de sus caderas, volvió a besarla. Colocó la punta de su dilatada erección contra la entrada de su sexo y la penetró por fin. Ella echó atrás la cabeza y tomó aliento mientras él apretaba la mandíbula, tensando cada músculo de su cuerpo.

Cuando logró tener la presión bajo control, comenzó a moverse, dejando vagar la mente, llenándola cada vez más.

Se apoyó en los codos y, con los ojos cerrados, empujó más y más mientras ella le clavaba las yemas de los dedos en el pecho. Cole quería que ese momento durara. La sensación de ardor, pulsante y arrolladora, el tacto de su cuerpo femenino al deslizarse debajo del suyo… Todo era abrumador. Pero el fuego era demasiado intenso. Su necesidad de desahogo era demasiado grande. Alzó la cabeza ligeramente y empujó una última vez, desatando un orgasmo colosal como jamás había experimentado antes.

**

–¿No está muy lejos Australia?

Taryn y Cole yacían abrazados bajo las estrellas. La luna había caído hacia el océano y todo estaba sumido en una calma total, como si todo el planeta estuviera profundamente dormido, todos excepto ellos.

–No parece que tengas mucha prisa por volver –le dijo ella, acurrucándose más cerca de su pecho.

–Siento una paz extraña –le dijo Cole, rozando los labios contra su cabello–. Me pregunto por qué.

–Hay otra razón por la que te sientes más relajado. Los problemas de tu padre están resueltos.

Cole guardó silencio durante unos segundos. Le acariciaba el brazo con las yemas de dos dedos.

–Hoy pensé en mi madre –dijo por fin–. ¿Te he dicho que solía decirme que era muy especial?

Taryn sonrió.

–Seguro que lo eras.

–Me decía que era tan valiente y listo. Me decía que me convertiría en un hombre en el que todos podrían confiar.

–Y tú has hecho realidad esa predicción.

–Sí. Yo soy el que lo arregla todo.

–¿Tan bueno eres? –le dijo ella en un tono risueño.

Cole la atrajo hacia sí hasta tenerla sobre él y entonces la besó, suavemente, como nunca antes la había besado.

Cuando se separaron para tomar aire, Taryn suspiró y apoyó la mejilla en su hombro.

–Bueno, pensándolo bien, creo que sí lo eres.

***

Cuando Taryn se despertó al día siguiente, el sol acababa de asomar por el horizonte. A su lado la cama estaba vacía, las sábanas arrugadas. Incorporándose rápidamente, se apartó el pelo de la cara y entonces recordó cómo había terminado la noche con Cole. Había sido la noche más romántica de toda su vida.

Jamás se había sentido tan renovada y vital. Sin embargo, no podía evitar sentir una pequeña decepción. Esperaba despertar junto a él, acurrucada en sus brazos.

Quería más, mucho más, y eso la asustaba.

Al localizar su bata, una gran incertidumbre se gestó en su cabeza. A lo mejor llegaba a arrepentirse de lo ocurrido. Pensativa, se ató el cinturón de la prenda y salió a la estancia principal.

Cole no estaba por ninguna parte. Fue hacia la pequeña cocina. Se sirvió un poco de ese zumo delicioso del día anterior y entonces reparó en su portátil, que estaba sobre la encimera. Tenía que descargar las fotografías y los vídeos que había tomado el día anterior. Roman había insistido en que tomara muchas fotos. Quería verlas todas.

De repente Taryn se sintió más sola que nunca, desnuda debajo de esa fina bata, en mitad de la naturaleza. Cerró los ojos y se dejó asediar por los recuerdos, momentos que anhelaba repetir.

Cuando abrió los ojos de nuevo se fijó en un objeto que estaba sobre la mesa principal. Era una flor, enorme y roja. Parecía tan perfecta. Taryn se preguntó si era de plástico, así que fue a examinarla más de cerca. Deslizó las yemas de los dedos por los satinados pétalos.

Podía mirar el vídeo que había tomado de la estancia poco después de llegar, pero estaba segura de que la flor no estaba allí antes. Y nadie más había estado en el bungaló desde que el portero les había dejado el equipaje.

¿Acaso Cole le había dejado una flor esa mañana? ¿Era tan romántico en el fondo?

De pronto oyó pasos sobre los peldaños de la entrada. Un minuto más tarde, él apareció en el umbral. Estaba mojado y se frotaba la cara con una toalla. Dando un paso adelante, le dio un beso frío en la mejilla.

—Pensaba que seguirías en la cama. Tenía muchas ganas de darme un chapuzón.

—No puedo resistirme a ti.

Poniéndose de puntillas, Taryn le robó un beso. Cole dejó la toalla y la rodeó con ambos brazos.

—Eso ha sido como una invitación.

—He pensado que es demasiado pronto para trabajar.

La mirada de Cole descendió hasta su cuello y siguió la curva que bajaba por su hombro. Le apartó la bata con la punta del dedo índice y entonces se inclinó para besarla allí donde la había acariciado antes. Taryn suspiró al sentir el contacto de sus labios húmedos.

—Sabes bien –le dijo él.

—Y sé de buena tinta que eso no es lo mejor.

Taryn tiró del cinturón de su bata, echó atrás los hombros y la prenda cayó al suelo sobre la toalla.

Cole le deslizó las manos por la espalda, apretándose contra su vientre.

—Será mejor que te advierta algo. Suelo estar hambriento por las mañanas.

Ella le rodeó el cuello con ambos brazos.

–Tú siempre estás hambriento.

La mirada juguetona de Cole se tornó más seria.

–Bueno, aliméntame entonces –le dijo, mirándole los labios.

La llevó de vuelta al dormitorio y jugaron hasta después de las diez, hasta el momento en el que sonó su teléfono móvil. Cole vaciló, preguntándose quién podía necesitarle a esas horas.

Fuera quien fuera, sin embargo, tendría que esperar un poco. Continuó mordisqueándole el pezón con la punta de la lengua. Físicamente agotada, pero ávida de pasión, Taryn le deslizó una mano por la nuca. Le alborotó el cabello, ya revuelto.

–¿No quieres ver quién es?

Cole se concentró en su otro pecho.

–No.

Suspirando, Taryn se arqueó al tiempo que él le rodeaba el pezón con la lengua. Después hizo lo mismo con el otro.

–A lo mejor no es nada de trabajo.

–Es algo de trabajo –le dijo él.

–A lo mejor es algo de la familia.

–Como te he dicho…

–Podría ser Tate.

Taryn le sintió sonreír.

–A Tate no le dejan usar el teléfono.

–Supongo que es un poco pequeño todavía.

–Pero es listo. Se sabe el número de casa. Y el mío también –le puso un brazo alrededor de los hombros–. ¿Cuándo te deja usar el teléfono tu tía?

–Me compré un teléfono propio cuando empecé a

trabajar a tiempo parcial en el último año de instituto. Fue la primera cosa que me compré con mi primer sueldo. No. Fue la segunda. Llevaba semanas queriendo comprarme un vestido de seda color crema.

–¿Qué fue lo tercero?

–Ahorré dinero y le pagué a una agencia para que me ayudaran a encontrar a alguien de mi pasado.

Cole apoyó el peso en un codo.

–¿Tu padre?

–Mi madre. Mi padre nos abandonó poco antes de que yo naciera. Mi madre se marchó más tarde, cuando yo tenía unos meses. Si no hubiera sido por la tía Vi, mi concepto de la familia hubiera sido muy distinto. Ella me apoyó en todo y me comprendió. Me salvó de tener un horrible recuerdo de mi infancia. Recuerdo que cuando tenía unos cinco o seis años Vi comenzó a salir con un hombre que tenía unos ojos sonrientes y amables, y una risa preciosa que llenaba toda la casa. Yo pensaba que iban a estar juntos para siempre y que por fin tendría ese ejército de hermanitos que siempre había deseado tener, pero al final rompieron. Recuerdo haber visto a mi tía algunas veces, intentando disimular las lágrimas.

–¿Y la agencia encontró a tu madre?

–Sí. Incluso fui a verla. Ella estaba viviendo con un grupo de gente en la costa de Northern New South Wales. Mi tía me dijo que iría conmigo, pero yo quería hacerlo sola.

–¿Fue un buen reencuentro?

–En realidad fue una gran decepción. Ella intentó fingir que se alegraba de verme, y entonces puso un montón de excusas para justificar su abandono. Pero me alegro de haber ido a verla. Incluso nos escribimos por correo electrónico durante un tiempo. Cuando murió, unos años después, fui al funeral. Pagué todos los gastos. ¿Puedes creerte que quería que la enterraran con una botella de ron?

Cole se acercó un poco y la miró a los ojos.

–Se perdió unas cuantas cosas buenas.

Taryn sintió que ya había dicho bastante sobre el pasado. Quería pasar a un tema más alegre.

–Por cierto, me encanta la flor que me trajiste esta mañana –le dijo, enroscando un dedo alrededor de un mechón de pelo que le había caído sobre la frente.

–¿Una flor?

–El hibisco rojo. Es tan grande como un plato –al verle fruncir el ceño siguió adelante–. La dejaste sobre la mesa, ¿recuerdas?

–Oh, eso. No. El niño la trajo del arroyo ayer. Debió de colarse en la casa para dejártela. Estaba cerrada, dormida, cuando la encontramos.

Taryn parpadeó.

–Oh –forzó una sonrisa–. Pensé que habías sido tú. No importa –dijo, intentando restarle importancia.

En el fondo sí le dolía un poco. Se sentía ridícula por haber pensado que él se había tomado la molestia.

Cole le miraba el cuello en ese momento, deslizaba la yema del dedo alrededor de su escote.

–No llevas ninguna cadena.

–Tengo un montón de chatarra.

–Pero no tienes nada que ponga Tiffany, ¿no?

–A mí no me van mucho las joyas.

Siempre había sido una chica de flores. Él la miró durante unos segundos, pensativo.

A lo mejor estaba pensando en cómo zanjar la situación una vez regresaran. Quizás le regalaría una joya, un regalo de despedida. Ella ya había asumido que lo ocurrido no iba a tener ningún tipo de continuidad.

Él debió de notar su cambio de humor, porque de pronto pronunció las palabras que Taryn tenía en la punta de la lengua.

–A lo mejor deberíamos seguir con nuestras tareas del día.

–Buena idea.

Sin decir ni una palabra más, se levantó de la cama y se dirigió al cuarto de baño adyacente.

Cuando Cole salió de la ducha, Taryn estaba junto a la mesa. Reparó en la flor. En ese momento todos los pétalos estaban cerrados.

–¿Viste tu mensaje? –le preguntó ella, yendo hacia el portátil, que estaba sobre la encimera.

–¿Mensaje?

–Tu teléfono sonó de nuevo. Dos veces.

Cole se frotó la frente. Era sábado por la mañana. Hacía un sol radiante y estaba en una pintoresca isla con una mujer que hacía el amor como una diosa y que diez minutos antes había vuelto a levantar un muro entre ellos. ¿Por qué? ¿Porque había insinuado que le iba a regalar una joya? Sin duda esa situación era completamente nueva para él. Regresó al dormitorio y tomó el móvil. Tenía tres mensajes, todos de su padre.

Bastó con escuchar el primero. No necesitaba enfadarse más.

Jeremy Judge tendría que oírle cuando regresara a Sídney.

—¿Negocios?

Él levantó la mirada. Taryn estaba en el umbral.

—Han vuelto a atentar contra la vida de mi padre –le dijo, apretando el botón de llamada.

—No puede ser.

—Brandon se va a hacer cargo de todo ahora mismo –se dijo a sí mismo, tomando su bolsa del suelo y poniéndola sobre la cama.

Un segundo después se dirigió hacia el cuarto de baño para recoger sus cosas, con el móvil apretado contra la oreja.

—¿Eso significa que el otro hombre, el que murió, no era responsable de nada? ¿O es que trabajaba…?

—¿Y cómo demonios quieres que lo sepa?

Saliendo del cuarto de baño, se encontró con la mirada herida de Taryn; lo último que necesitaba en ese momento.

Le dejó un mensaje urgente a Brandon y entonces dio un paso hacia ella.

—Mira, lo siento. Es que… –cerró los ojos y masculló un juramento–. No debí marcharme.

—¿Te vas?

—En cuanto pueda.

—No hay ningún vuelo hasta por la tarde.

—Entonces buscaré un vuelo privado.

Se puso los pantalones y sacó una camiseta.

—Cole, ¿qué ha sucedido? –le preguntó ella, pero él apenas escuchaba ya.

—Dos hombres golpearon a mi padre. Un transeúnte fue en su ayuda, pero estuvieron a punto de meter a

Tate en una furgoneta. Jamás me lo hubiera perdonado si…

–Cole, no es culpa tuya.

–Otra persona empezó esto, pero, te juro que yo lo terminaré.

Mientras se ponía la camiseta vio que Taryn estaba frente al armario, sacando su propia maleta.

–¿Qué haces?

–Me voy contigo.

–Esta no es tu guerra.

–Necesitas a alguien que esté contigo.

–Nunca he necesitado a nadie.

–Todo el mundo necesita a alguien, Cole.

–Pero el proyecto, el programa…

–Son importantes, pero no te voy a dejar solo.

Él le sostuvo la mirada un instante. El tiempo apremiaba. Se volvió para buscar sus zapatos.

Taryn fue hacia él y le agarró la mano. Cole soltó el aliento.

–Tengo una terrible corazonada… Pienso que Eloise tiene algo que ver.

–¿Por qué iba a querer matarle? Debe de tenerla como a una reina.

–Las mujeres como Eloise nunca tienen bastante.

Agarró el móvil de nuevo.

–Tengo que hacer un par de llamadas, para organizar el vuelo…

–¿Y después?

–Tengo que llamar a Jeremy Judge –frunció el ceño–. Estoy deseando ponerle de patitas en la calle.

Capítulo Diez

¿Pero qué mosca le había picado? ¿Cómo había podido decirle a Cole que iba a acompañarle?

Habían pasado horas y ya estaban de vuelta en Sídney. Cole acababa de parar su coche delante de la mansión Hunter. Taryn volvió a repetirse lo que ya se había dicho varias veces a sí misma: no había razón para permanecer allí con él, pero de alguna manera no era capaz de irse, así, sin más.

Subieron los peldaños de granito que conducían a la enorme puerta doble de la entrada.

Al ver que nadie contestaba al timbre de la puerta, Cole comenzó a aporrear la superficie con el puño. Una mujer les atendió por fin.

–¿Los señores Hunter les están esperando?

Cole pasó por delante de la mujer, casi empujándola. Al llegar a la mitad del vestíbulo se detuvo y se dio la vuelta, ofreciéndole una mano, esperándola antes de seguir.

Mirando a su alrededor, Taryn aceptó la mano que le tendía y le siguió. La finca era impresionante. Entraron en una estancia que era más grande que un apartamento. Guthrie estaba recostado en un butacón, mirando hacia un exuberante jardín de la parte de atrás de la casa. Tenía una pierna apoyada sobre cojines y un apósito en la cabeza. Cole fue directamente al grano.

–He despedido a tu investigador privado.

–Jeremy me dijo que le llamaste –Guthrie se giró un poco y entonces reparó en la invitada–. Taryn, siento que tuvieras que venir.

Sintiéndose muy mal por toda la situación, Taryn dio un paso adelante.

–¿Te encuentras bien?

–Tengo algún cardenal que otro, pero lo que más herido tengo es el orgullo. Si no hubiera sido por ese hombre que estaba paseando a su perro, seguramente no estaría aquí ahora.

–¿Dónde está Tate?

–Está en la sala de juegos con un policía. Hijo, me preguntó si debería llevarle a un sitio seguro hasta que termine todo esto.

–¿Adónde?

–A lo mejor podría irse con uno de tus hermanos. Sea quien sea el loco que anda detrás de esto, con un poco de suerte sus influencias no llegarán tan lejos.

–Vamos a dejar que Brandon se ocupe de todo primero, y entonces decidimos qué vamos a hacer.

En ese momento una cuarta persona entró en la estancia. Taryn conocía ese rostro por los medios. Eloise Hunter tenía una estatura media y era muy esbelta. Vestida con un traje sastre de seda y gasa recién sacado de las páginas de *Vogue*, daba la impresión de estar a punto de asistir a un evento de celebridades.

Esperaba que la señora de la mansión Hunter le dedicara una mirada superficial a alguien tan insignificante como ella, pero al verla, Eloise Hunter se detuvo en seco y la miró de arriba abajo sin ningún tipo de reparo, como si fuera el enemigo.

Taryn se puso tensa. No hacía ni cinco segundos que conocía a la señora Hunter y ya entendía las sospechas de Cole. Y lo que sucedió a continuación fue aún peor. Eloise miró a Cole y el brillo que apareció en esos ojos color ámbar resultó inconfundible. Se sentía atraída por el hijo de su marido. Aunque fuera ese vaso de agua lo que acariciara, en su mente sin duda estaba acariciando otra cosa mucho más personal.

Ajeno a lo que ocurría, Guthrie se encargó de las presentaciones.

–Cariño, esta es Taryn Quinn, una productora a la que hemos contratado.

Eloise volvió a mirarla y esbozó una sonrisa insulsa. Ese resplandor peligroso volvió a aparecer en su mirada y entonces miró a Cole de nuevo.

Otro invitado entró en la habitación. Taryn se dio cuenta de que Cole se ponía rígido a su lado.

–Judge –le oyó murmurar–. ¿Qué está haciendo aquí? Le dije que habíamos terminado.

–Yo recibo órdenes del señor Guthrie Hunter –dijo Judge, entrelazando las manos por delante–. Y a menos que haya cambiado de opinión en los últimos cinco minutos, me sigue teniendo en nómina.

–¿Pero cómo ha podido hacer tan mal las cosas? ¿Dónde estaba cuando mi padre fue atacado y estuvieron a punto de secuestrar a mi hermano?

–Entiendo que esté enojado. En lugar de tener enfrentamientos, Cole, trabajemos juntos para encontrar a las personas responsables.

Cole parecía dispuesto a contraatacar, pero Guthrie se le adelantó.

–Cole, puedes hacer que se incorpore Brandon.

Tienes mi consentimiento. Dile que tendrá todo lo que necesite. Pero solo pondré una condición: trabajará con Jeremy. Después de todo, me salvó la vida esa noche.

Como si fuera ajena a todo lo que ocurría a su alrededor, Eloise se acercó a Cole.

–Ha sido un día largo. ¿Quieres tomar algo?

Guthrie se puso en pie.

–Ya basta, hijo. No hay nada más que hacer por hoy. Vete a casa. Hablaremos de nuevo mañana.

Cole levantó la barbilla.

–Quiero ver a Tate antes de irme.

Le agarró la mano a Taryn y, pasando por delante de Judge sin decir ni una palabra, atravesó la estancia y el pasillo. Subiendo a otro nivel, entró en un dormitorio sin llamar. Un hombre uniformado estaba junto a la puerta. Al verle acercarse, su mano se dirigió hacia su cartuchera.

Taryn contuvo el aliento y miró hacia el pequeño de pelo rubio que jugaba en el centro de la habitación. En ese momento el niño volvió la cabeza y esbozó una sonrisa. Soltó el mando de la consola de videojuegos y corrió hacia ellos, arrojándose a los brazos de Cole.

Taryn creyó ver unas gotas de humedad en las comisuras de los ojos cerrados de Cole.

–¿Cómo estás, chico?

–Tengo un arañazo en la rodilla, Cole, pero no me duele –Tate miró por encima del hombro de Cole–. ¿Quién eres tú?

–Soy Taryn. Encantada de conocerte.

–Es guapa. ¿Os vais a quedar a cenar? –dijo el niño, hablándole a Cole.

–Hoy no, colega.

Cole le dejó en el suelo, pero se quedó agachado para poder hablar con él a la misma altura.

—No tienes por qué tener miedo, ¿de acuerdo?

—No tengo miedo. Ya no. Pero me gustaría que te quedaras —Tate se acercó un poco más—. Papá dice que a lo mejor puedo ir a ver a Dex y a Wynn un tiempo.

—¿Y qué te parece la idea?

—Bien, siempre que sea Dex.

—¿Por qué Dex?

—Porque vive al lado de Disneylandia.

Cole se rio a carcajadas y le alborotó el cabello.

—Ve a terminar tu partida.

Se inclinó para darle otro abrazo de oso y entonces salió al pasillo, acompañado de Taryn. Pero no volvió a girar por la esquina de antes para regresar a la sala de estar de la que acababan de salir, sino que tomó otro camino para salir al exterior. Un par de minutos más tarde estaban en su coche, abandonando la finca más majestuosa que Taryn había visto jamás.

—Gracias —le dijo él, manteniendo la vista fija en la carretera y el gesto tenso.

—¿Por qué?

—Por haberme acompañado. Sé lo importante que era para ti hacer ese trabajo en el complejo.

Taryn se sorprendió al oír tanta sinceridad en su voz. Cole Hunter era una caja de sorpresas.

Cuando Cole detuvo el vehículo frente a su casa, Taryn no tuvo que invitarle a entrar. Él le llevó la bolsa de viaje hasta el dormitorio y entonces se volvió hacia ella en la penumbra del crepúsculo. Durante una fracción de segundo una intensa emoción apareció en su mirada, pero entonces esbozó una media sonrisa. Sin decir ni una palabra dio un paso adelante y ella fue a su encuentro.

No se besaron. Al principio no. Él encontró la cremallera a un lado de su vestido de verano y se la bajó al tiempo que ella le desabrochaba la camisa. Una vez la despojó de la prenda, ella se inclinó hacia delante y aspiró su fragancia almizclada al tiempo que deslizaba los dedos por sus pectorales y sus hombros. Le bajó las mangas de la camisa.

Él no dejaba de mirarla a los ojos, buscando en lo más profundo de sus pupilas. De pronto ella agarró el botón de la cintura de sus pantalones, pero él la hizo detenerse un instante. Deslizó los labios a lo largo de la piel de su cuello, descendiendo hacia los hombros, dejándola sin aliento. Las palmas de sus manos, cálidas y ligeramente ásperas, trazaban círculos sobre su espalda desnuda.

–Me gusta cuando no llevas sujetador –le dijo al oído.

Ella se estremeció. Suspiró. Se apretaba contra él y un calor cada vez más intenso se concentraba bajo su vientre. Los labios de Cole también descendían, rumbo a la curva de su hombro, y al mismo tiempo le acariciaba un pecho.

–No lo lleves más, no cuando estés conmigo.

Deslizó la punta de la lengua por su cuello y trazó una línea sobre sus labios abiertos al tiempo que le pellizcaba un pezón. Taryn abrió aún más los labios, invitándole a entrar.

Adoraba esos juegos preliminares, pero estaba deseando tenerle dentro de ella. Necesitaba experimentar esa conexión, y sabía que él también la necesitaba. Quería decírselo, con palabras que solo pudieran decirse en la quietud del dormitorio. Le necesitaba desnudo, y le daba igual que fuera en la cama, en el suelo o contra la pared. El tiempo que habían pasado haciendo el amor había sido absolutamente embriagador, pero en ese momento se sentía enloquecida. Ardía de deseo por él.

Cole comenzó a deslizarse contra su cuerpo, descendiendo hasta ponerse de rodillas. Habían pasado unas horas muy tensas y Taryn echaba de menos el contacto físico, su aroma, la expectación...

Al sentir su lengua en el ombligo y sus dedos en la cintura de las braguitas, echó atrás la cabeza y se dejó llenar por esa ola de calor. Él abrió sus labios más íntimos y entonces la besó, primero con los labios y después con la lengua. No dejaba de jugar con su pezón, masajeándoselo mientras trazaba un círculo alrededor del punto más sensible de su feminidad. La mordisqueaba ligeramente con los dientes y tiraba de su piel. Parecía muy fuerte y Taryn no dejaba de estremecerse. Todos sus pensamientos habían sido borrados de un plumazo y solo era capaz de concentrarse en la creciente llamarada, en el roce rítmico de su mandíbula contra los muslos.

Chispas brillantes comenzaron a saltar en su torrente sanguíneo. Las piernas le temblaban de repente y nada en el mundo importaba excepto la meta hacia la que se dirigía. Necesitaba ese desahogo desesperadamente, pero el juicio ya casi la había abandonado y quería hacer algo nuevo para los dos.

Trató de apartarse de sus labios, pero la mano que

él mantenía en su trasero la sujetaba con firmeza, obligándola a seguir la cadencia. Una vez más Taryn se dejó arrastrar hacia esa luz parpadeante. Sonriendo, interpuso la palma de la mano entre sus labios y su propio sexo y se apartó.

En la penumbra, le vio levantar la vista.

–Pero te gusta –le dijo él.

–Sí.

–Bueno, a mí también –él sonrió–. Con el trabajo llega la recompensa.

Ella se rio. Él se echó hacia delante de nuevo, pero ella se escurrió hasta subirse en la cama. Con un par de movimientos rápidos, él se quitó los pantalones. Colocó algo, probablemente un preservativo, sobre la mesita de noche y entonces fue hacia ella, listo para retomarlo donde lo habían dejado.

Taryn, sin embargo, le empujó y le hizo tumbarse boca arriba.

–Oye, tú juegas duro –le dijo él, riendo.

–¿Eso es una queja? –le preguntó ella.

–No, señora.

Sin quitarse las braguitas, Taryn se acercó y deslizó los labios superficialmente por los pezones masculinos, descendiendo por sus costillas. Le besó en cuatro puntos alrededor del ombligo y entonces siguió hacia abajo.

Deslizando las puntas de las uñas sobre su escroto, sujetó su miembro erecto con la otra mano y deslizó la punta de la lengua alrededor del prepucio caliente y redondo. Cole cerró el puño y arqueó ligeramente las caderas.

Sonriendo para sí, Taryn hizo el mismo movimiento varias veces más, apretó un poco y entonces se deslizó más abajo. Él palpitaba en su boca y podía sentir su sabor en la base de la garganta… un pequeño anticipo. De pronto sintió la palma de su mano sobre el hombro, la nuca… Su erección se endureció aún más. Sonidos profundos brotaban de su cuerpo, haciéndole vibrar dentro de ella. De repente comenzó a moverse y las caricias que le hacía en la nuca se hicieron más instintivas. Entregándose por completo, Taryn cambió de posición hasta ponerse entre sus piernas, dejándole sin escapatoria.

Pensaba que podía con él, pero su anchura y su fuerza no tardaron en vencerla. Un momento antes de tener que apartar los labios, él extendió el brazo y la hizo subir. No la hizo ponerse debajo, sino que la sujetó con firmeza sobre su propio cuerpo. Tomó el preservativo, se protegió y entonces empujó hacia arriba, entrando en ella con un movimiento ágil. Taryn liberó tantas endorfinas que de pronto se sintió intoxicada, como si flotara en un río que la llevaba a la deriva, rumbo al cielo. Deslizó los labios por la húmeda frente de Cole y entonces se apartó para mirarle a los ojos justo cuando él sonreía. Se movía a una cadencia regular, pero incansable, acercándola cada vez más a ese maravilloso Big Bang.

Taryn estaba al borde del precipicio cuando la sujetó de la mejilla y susurró su nombre. Un segundo más tarde, la penetró hasta el fondo, tocando ese lugar perfecto. Mientras el orgasmo se apoderaba de él, le apretó el muslo. Ella dejó escapar el aire bruscamente y el universo se contrajo un momento para luego expandirse de nuevo.

Pasaron el domingo juntos en casa de Taryn, sin pensar en el trabajo ni en los problemas. Cole no creía haber pasado un día entero sin hacer nada en toda su vida, y se sentía un poco culpable, pero una parte de él sentía una paz desconocida hasta entonces.

No podía dejar de pensar en Guthrie y en Tate, no obstante. Habían estado a punto de secuestrar a su hermano pequeño.

Afortunadamente, Brandon ya estaba trabajando en el caso, pero su padre había insistido en mantener a Judge en el tablero. Y no había nada que hacer en ese sentido.

Al día siguiente fue a visitar a Taryn a su despacho. Ella le había dicho que resumiría toda la información recopilada, teniendo en cuenta que habían tenido que marcharse prematuramente. Él, por su parte, había insistido en que necesitaba un presupuesto más claro y ella le había preguntado si debía empezar a organizar un casting de presentadores. Justo antes de dejar su despacho, Cole le había dado un beso ardiente y le había dicho que lo dejara para más adelante.

La noche del martes la había pasado en su casa. Taryn había logrado que esa gata embarazada entrara a la casa y después habían tomado una pizza mientras veían una película a la que finalmente no le habían prestado mucha atención. El miércoles había sido ella quien se había quedado en su casa y el jueves lo habían hecho al revés. Esa noche había tocado comida china y él le había contado lo de aquella casita que sus hermanos habían construido en el patio trasero y que había terminado desplomándose con él dentro. Incluso le había enseñado la cicatriz que tenía en la barbilla.

Para el viernes Cole ya estaba ansioso, Judge y Brandon no tenían ninguna novedad, pero este último le había dicho que, a pesar de sus innumerables vicios, Eloise estaba limpia, y la siniestra empleada nueva también. A la hora de comer Cole estaba sentado frente a su escritorio, revisando una vez más ese mastodóntico contrato para la liga de fútbol.

Taryn entró en su despacho de repente y puso un folleto sobre su mesa. Sonriendo, Cole se echó hacia atrás. Estaba tan sexy y angelical con ese impecable vestido blanco de lino…

Contando las horas que habían pasado desde la última vez que le había dado un beso, tomó el folleto y lo examinó más de cerca.

–¿Qué es?

–Han abierto un nuevo parque no muy lejos de aquí –le dijo ella, rodeando el escritorio–. Hay botes a pedales.

–Muy bien.

Los ojos de Taryn emitieron un destello.

–¿Entonces vienes?

–¿Adónde? ¿Cuándo?

–A pedalear conmigo. Ahora –miró el reloj–. Es la hora de comer. Voto por unos perritos calientes.

Cole se rio.

–Suena tentador, pero debería terminar este contrato.

Entrelazando las manos por detrás de la espalda, ella se inclinó contra el escritorio y la falda se le levantó un par de centímetros.

–El trabajo no se va a ir a ninguna parte –miró de reojo hacia la puerta abierta del despacho.

Cole se levantó y se paró frente a ella, rozándola con los muslos. Apoyó las palmas de las manos sobre el escritorio, a ambos lados de ella. Cerró los ojos y le rozó la mejilla con la barbilla suavemente, murmurándole al oído.

–Creo que deberíamos cerrar esa puerta.

Ella le enredó los dedos en el cabello, acelerándole los latidos del corazón.

–Pasas mucho tiempo encerrado en estas cuatro paredes –le dijo ella, sintiendo sus besos en el cuello–. Vamos a tomar el sol. Hace un día espléndido.

–¿Y luego?

–Luego puedes terminar con ese contrato.

Él se acercó más.

–¿Qué contrato?

Ella se rio y le empujó en el pecho.

–Te veo en el vestíbulo.

Cole le robó un beso.

–Estaré allí en cinco minutos.

Fueron en coche al parque. Para ser un día entre semana, estaba lleno de gente. Debía de ser por la combinación de buen tiempo, los nuevos puestos de comida y la curiosidad de un sitio novedoso. Cole pagó por un paseo de treinta minutos en bote, pero finalmente pasaron una hora completa en el lago. Después se dirigieron a casa de Taryn, pero justo antes de llegar, Cole decidió mirar el teléfono por si le habían dejado algún mensaje.

Acababa de aparcar delante de la casa cuando vio el bombardeo de mensajes, tanto de texto como de voz.

Taryn ya había bajado del vehículo e iba a abrir la puerta. A medida que los revisaba, la bola que se le estaba formando en el estómago se hacía cada vez más grande, y un pánico abrumador se apoderaba de él.

Liam había intentado localizarle. Le habían ofrecido un trato mejor y tenía que tomar una decisión. Cole se pasó una mano por la frente, húmeda ya. Ese acuerdo era algo importante para la cadena y si no lograba cerrarlo, Hunter Broadcasting tendría problemas.

Sintiendo ese sudor frío en la nuca, Cole apretó unas cuantas teclas. Estaba hablando, tratando de arreglar una situación crítica, cuando Taryn se asomó a la ventanilla. Él se apartó. Necesitaba hablar con Liam sin distracciones. Había bajado la guardia y una luz de color rojo se había encendido en su cabeza.

Preocupada y decepcionada, Taryn volvió a entrar en su casa y él hizo todo lo posible por revertir el rumbo de unas negociaciones que parecían abocadas al desastre. ¿Cómo había podido descuidar los negocios de esa manera? Si lograba salvar el acuerdo para la liga de futbol, si conseguía evitar los despidos y el cierre de programas, jamás volvería a cometer el error de dar algo por sentado, por ninguna razón, ni por nadie.

Capítulo Once

–¡He vuelto!

Con su sonrisa radiante de siempre, Roman Lyons entró en el despacho de Taryn y le plantó un beso en la mejilla.

Feliz de verle, ella sonrió y dejó el bolígrafo.

–¿Qué tal fue la escapadita?

–¿Escapadita? –Roman apoyó una pierna en el borde del escritorio–. Tengo que decirte que mis colegas y yo nos hemos dejado la piel trabajando en la próxima temporada, que va a ser la mejor hasta la fecha. ¿Me has echado de menos?

–Muchísimo.

–Qué bueno que solo me ausenté una semana –Roman se acercó más–. Bueno, dime. ¿El comandante te ha dado su visto bueno por fin? Hace dos semanas que hiciste ese viaje y el presupuesto ha sido repasado cien veces. Sin duda tiene que haber tomado una decisión.

Taryn no pudo hacer más que apartar la mirada.

Si bien no habían hablado de ello, Taryn daba por hecho que Roman sabía que Cole y ella eran amantes. Después de aquel viernes de una semana antes, las cosas habían cambiado entre ellos. Se veían en el trabajo y habían salido a comer un par de veces, pero Cole se había distanciado mucho. Ya no iba a visitarla a su despacho, ni tampoco la invitaba al suyo.

–Cole dio su veredicto hoy. El programa cuenta con su visto bueno.

–Bueno, querida, eso se merece una celebración. Tazas de té para todos –saltando del escritorio con entusiasmo, Roman miró su cafetera–. Aunque con café es más que suficiente.

La noticia le había llegado en forma de un sobrio correo electrónico. ¿No podía haberse molestado en darle la noticia en persona?

–Supongo que te habrás dado cuenta –comenzó a decirle a Roman cuando este se dirigió hacia la máquina de café.

–¿De qué? –le preguntó él mientras echaba un poco de azúcar en una taza.

–De que… Cole y yo hemos estado, bueno, juntos.

Roman titubeó un instante antes de echarse el café.

–Eso es cosa tuya.

–No lo he hecho para sacar ventaja. No me he vendido para conseguir que aprobaran el programa. Simplemente pasó y ahora el programa va a ser producido…

Roman regresó con dos tazas llenas.

–Y eso es muy buena noticia.

Taryn cerró los ojos, pero las dudas siguieron ahí.

–No puedo dejar de preguntarme si Cole ha dado su aprobación final por obligación. Nunca le gustó la idea. No dejaba de decirme que pensaba que saldría mal… ¿Esto ha pasado antes? Quiero decir… ¿Cole ha tenido algo con alguna otra colega?

–Cole es bastante discreto, sobre todo en lo que respecta a las relaciones personales. Por lo que yo sé, no ha tenido nada con nadie de aquí, y nunca nada serio.

–Bueno, supongo que eso no ha cambiado.

–No es culpa tuya. Ya sabes lo que dicen. Genio y figura, hasta la sepultura.

Alrededor de las diez, Roman se despidió. Y justo en el momento en que salía por la puerta, Cole pasó por delante del despacho de Taryn a toca velocidad.

Un pánico instantáneo se apoderó de ella. Echó la silla atrás y, sin pensar muy bien en lo que hacía, se apresuró para alcanzarle. Cole, que no esperaba una persecución, se sobresaltó al verla a su lado de repente.

–¿Alguna novedad? –le preguntó ella, sin aliento.

–¿Sobre qué?

–Sobre lo de tu padre.

–No hay nada, pero tengo confianza en que Brandon consiga algo más. Si me disculpas, tengo una reunión y ya llego tarde –le dijo él, apurando el paso.

–¿Todavía sigues pensando en mandar a Tate con tu hermano? –le preguntó ella, alcanzándole de nuevo.

–Ese es uno de los planes.

Era evidente que no deseaba hablar del tema, así que Taryn pasó al punto siguiente.

–Muffin ha tenido a sus gatitos. Cuatro en total.

–Espero que todos encuentren un buen hogar.

–He pensado que quizás quieras ver el resumen del programa –le dijo ella, sin dejar de caminar–. Todavía no es más que un borrador…

–Déjaselo a mi secretaria. Ya conoces a Leslie.

–¿Quieres que incluya algo en el borrador?

–Simplemente desglosa bien lo que tengas en mente para las seis localizaciones.

Taryn no oyó el resto. Trató de detenerle poniéndole una mano en el brazo.

–¿Qué quieres decir con lo de las seis localizaciones? Una temporada tiene trece episodios.

–Eso lo veremos cuando lleguen las primeras audiencias.

–No estoy conforme con seis programas, Cole. No le estás dando una oportunidad.

Él miraba el reloj mientras se alejaba por el pasillo.

–Como te he dicho…

–¿Por qué me tratas así?

Darren, de la sección de deportes, pasaba en ese momento y aminoró el paso para ver lo que ocurría. Cole la agarró del brazo y la hizo entrar en un despacho vacío. Después de cerrar la puerta, apoyó las manos en las caderas.

–¿Quieres hacerme una escena?

–Quiero respuestas.

–Seis programas es mi límite, Taryn. No recuerdo haberte prometido nada.

–Y yo recuerdo que solo te pedí que cumplieras con las condiciones de mi contrato.

Él cruzó los brazos. Ladeó la cabeza.

–¿Has terminado?

–No. No he terminado. Quiero decir que no tienes por qué ir por ahí, escondiéndote de mí.

–No me escondo de nadie… ¿Quieres saber qué he hecho con mi tiempo en estos últimos días? No solo tengo ese asunto de los atentados como una nube negra sobre mi cabeza, sino que mi hermano Dex también se las ha arreglado para meterse en un lío de chantajes. Y también ha tenido a bien decirme que tiene las cuentas colgando de un hilo.

–¿Te dijo eso?

–Bueno, no. No me lo dijo con tantas palabras. Pero conozco su voz cuando está preocupado. Y a todo eso tengo que añadirle lo de Liam Finlay. Dice que está a punto de aceptar el trato con la otra cadena, y ahí voy ahora mismo, ya que te importa tanto. Voy a intentar evitar el próximo desastre.

–No lo sabía –murmuró ella–. No me lo dijiste.

De repente se sentía tan insignificante como un mosquito. Bajó la mirada. De pronto le oyó soltar el aliento y un segundo después sintió dos dedos debajo de la barbilla.

–Lo siento si no he tenido ni un minuto libre. Eso no significa que no haya disfrutado del tiempo que pasamos juntos, pero ahora mismo la pizza y las pelis no son una opción –deslizó los dedos a lo largo de su brazo hasta tomarla de la mano–. Lo entiendes, ¿no?

Confusa, Taryn asintió con la cabeza.

–Supongo que sí.

–¿Estás bien para volver a tu despacho?

–Sí –le dijo, asintiendo.

Él le dio un beso en la mejilla.

–De verdad que tengo que irme.

Se alejó, dejando la puerta abierta de par en par.

Normalmente Taryn se alegraba de ver a su tía, pero hubiera preferido no recibirla esa noche. Solo tenía ganas de tumbarse en el sofá.

–Lo siento. ¿Qué me decías?

–Te preguntaba si ese hombre con el que trabajas te ha dado su aprobación para el programa.

–Empezamos la producción la semana que viene.

Le dio un abrazo a su sobrina.

—Estás con una gente que te respeta profesionalmente. Ya han pasado más de dos semanas desde que regresasteis de ese viaje. ¿Se puso tu jefe difícil cuando estabais allí? Me contaste que era un poco tirano en la oficina.

—Llegamos a entendernos.

—¿Entendernos, cariño? –repitió Vi.

—Al menos eso pensé.

—No sé si te entiendo.

—Yo tampoco sé si me entiendo –Taryn cerró los ojos–. En cuanto nos conocimos, surgió algo, ya sabes, una conexión.

—Una atracción.

—Hubiera pasado de todos modos aunque no hubiéramos ido de viaje.

—¿Entonces no te arrepientes?

—No veo por qué tendría que arrepentirme.

Taryn le contó a su tía lo de los atentados y también le habló de todos los problemas de Los Ángeles, de lo del acuerdo de la liga de fútbol, de lo mucho que Cole parecía haberle agradecido su apoyo cuando le había acompañado a la casa de los Hunter aquella noche... Vi asentía de vez en cuando, frunciendo el ceño cuando era oportuno. Taryn terminó contándole que la atención y el afecto de Cole parecían haber desaparecido esa semana.

—Pero cuando me contó todo lo que le pasaba, yo lo entendí, o al menos lo intenté.

Su tía guardó silencio.

—¿No tienes ningún consejo que darme?

—No sé si quieres oír lo que tengo que aconsejar.

Vi miró a la gata y a su camada de una semana.

–Llevas meses hablando de esta gata, llamándola, dejándole rastros de comida… incluso intentaste capturarla un par de veces. Pensaste que cuando lograras que entrara, ella querría quedarse.

Taryn no sabía muy bien qué quería decirle su tía.

–Parece que está encantada de estar aquí.

–¿Crees que hubiera sido tan feliz si la hubieras atrapado y la hubieras encerrado aquí?

–Solo trataba de ayudar.

–Querías darle un hogar aquí contigo. Pero si la hubieras obligado, seguramente hubiera querido escapar… No puedes forzar a nadie para que se comporte de una determinada manera.

–¿No puedo exigir un mínimo de educación y cortesía?

Vi se puso en pie.

–Voy a preparar la cena. He traído pastas de arándanos.

–Recuerdo que cuando era pequeña saliste con un hombre –le dijo Taryn cuando Vi se dirigía hacia la cocina–. Recuerdo que era buena gente. Erais felices. Pero una noche oí una discusión y nunca más le vi.

Vi asintió como si lo recordara todo muy bien.

–De eso hace mucho tiempo.

–Yo esperaba que os casarais.

–Yo también lo esperaba. Marty era un hombre estupendo. Tenía tres niños de tu edad más o menos, de un matrimonio anterior.

–¿Qué salió mal, Vi?

–Marty era un hombre de familia. Nada le hubiera gustado más que formar una familia con nosotros. Estaba divorciado –le contó–. Me dijo que lo más duro de todo para él fue hacer la maleta y saber que a partir de ese momento su familia estaría fracturada para siempre. Llevábamos seis meses saliendo cuando les preguntó a sus hijos si les gustaría conocer a una señorita muy especial y a su sobrina. Los niños, inocentes, se lo dijeron a su madre y, de repente, ella quiso recuperarle. Después de eso pasó unos cuantos días sin hablar conmigo. Y entonces, esa noche que tú recuerdas, trató de explicarme lo acorralado que se sentía. Yo no lo entendí, o no quise entenderlo. Si me quería, no podía pensar en volver con otra mujer, aunque fuera la madre de sus hijos –los ojos de Vi se humedecieron–. No soportaba la idea de que durmiera en la misma cama que ella, ni que le diera un beso de buenas noches cuando era yo quien le quería de verdad, y no ella.

Taryn tomó las manos de su tía.

–Se fue. Yo estaba tan enfadada. Tal y como yo lo veo, no debía de quererme, o por lo menos, no lo bastante.

–A lo mejor hiciste lo correcto.

La melancolía volvió a los ojos de Vi.

–Tres meses más tarde, volvió a echarle. Vi su foto en las últimas páginas de un periódico tres años más tarde. Se había casado con una mujer con una enorme sonrisa radiante. Me pregunté entonces si serían felices. Me pregunté si ella le amaría tanto como yo le amaba entonces.

Taryn se puso en pie lentamente.

–Nunca lo supe con certeza –dijo Vi por fin y entonces respiró profundamente.

Era evidente que estaba conteniendo las lágrimas.

—Ya ves. No puedes forzar a nadie para que se quede. Tienes que dejar que tomen sus propias decisiones.

Taryn abrazó a su tía.

—Me alegro tanto de que hayas venido hoy. Te agradezco tanto que siempre hayas estado ahí para mí.

Vi le devolvió el abrazo y le acarició el cabello.

—No hubiera permitido que fuera de ninguna otra manera.

Cole miró el reloj en la pantalla del portátil y se frotó los ojos. Estaba muy cansado. Era hora de dejar el despacho, hora de comer.

Y tenía tantas ganas de ir a casa de Taryn e invitarla a cenar. Ella ya debía de haber cenado, no obstante, como el resto de la gente de la Costa Este. Además, no era buena compañía en ese momento. Un hombre solo podía tener un amor, y el suyo era Hunter Enterprises.

Le sonó el móvil.

—Espero no haberte despertado —dijo Dex.

—Últimamente no puedo permitirme el lujo de dormir mucho.

—Tan de buen humor como siempre.

Cole se mordió el labio. Se preguntó cómo sería ir por la vida fingiendo no tener nada de qué preocuparse más allá de la próxima aspirante que uno iba a meter en su cama.

—¿Qué quieres?

—Quiero alegrarte el día. Han llegado los beneficios de nuestro último lanzamiento. Después de un primer fin de semana arrollador, nos mantenemos bien, encabezando las listas.

Cole bajó el auricular un momento.

–Cole, ¿estás ahí?

–Sí.

–¿No te alegras ni un poco?

–Estoy esperando.

–¿El qué?

–Las malas noticias.

Dex se rio.

–¿Quieres saber lo último sobre el asunto de papá? –le dijo a su hermano, mirando el informe más reciente de Brandon y Judge. Llevaba un tiempo sobre su escritorio y ya lo había leído dos veces.

–¿Qué pasa? ¿Tate está bien?

–Sí.

Cole le informó acerca de las medidas de seguridad que habían tomado y le dijo que Brandon estaba trabajando duro con Judge para descubrir nuevas pistas.

–Bueno, si Tate quiere venir a visitarme…

–Qué gracioso. Alejar a un niño de cinco años del peligro de un secuestro para dejarle en manos de un hombre que está siendo chantajeado.

–Ya te dije que no te preocuparas por eso. No debí decirte nada.

–Si no me preocupo yo, ¿quién lo hará?

Dex soltó el aliento.

–Solo digo que Tate puede venir cuando quiera.

–¿Y a quién tienes para que haga de canguro? ¿A alguna aspirante a estrella de Hollywood con la que te acuestas?

Dex guardó silencio un momento.

–Ten cuidado, hermanito. A lo mejor a ti te gusta vivir esa vida de monje que llevas y decirle a todo el mundo lo duro que trabajas y que nadie aprecia lo que haces, pero yo tengo intención de seguir disfrutando de aquello de lo que un hombre puede disfrutar.

–Bueno, entonces será una lista interminable de aventuras insulsas.

–Eres un grandísimo…

La conversación se deterioró a partir de ese momento.

Cole aún estaba furioso cuando abandonó las oficinas de Hunter Enterprises una hora más tarde. ¿Cómo podían ser tan distintos dos hermanos?

Mientras conducía, Cole reparó en el cartel que anunciaba el desvío hacia el barrio de Taryn. Apretando la mandíbula, piso el acelerador a fondo y pasó de largo.

Capítulo Doce

Taryn le hizo caso al consejo de su tía y no volvió a perseguir a Cole Hunter. Ella no buscaba su compañía y él tampoco la buscaba a ella.

Los días pasaban lentamente y dos asuntos la mantenían ocupada: la preparación del programa y la búsqueda de un hogar para los gatitos de Muffin. A nivel social, su vida dejaba mucho que desear, aunque sí había salido a ver una película cuando Roman la había invitado. Habían cenado fuera también.

Sus esperanzas de permanecer en Hunter Broadcasting habían disminuido ostensiblemente. No había tenido más remedio que aceptar los seis programas, pero Cole también le había recortado a la mitad el presupuesto, y para colmo le había dicho que no podía contratar al presentador que ella quería. Estaba claro que hacía todo lo posible por ponerla entre la espada y la pared y su asistente personal la había informado de que tendría a su disposición a dos empleados solamente para preparar la producción.

A primera hora de esa mañana Taryn se había enterado de que Guthrie estaba en la empresa, algo que era cada vez menos habitual. Había llamado a su despacho y su secretaria le había dicho que la recibiría de inmediato.

Mientras avanzaba por ese largo corredor, Taryn se

sorprendió al ver que no estaba nerviosa. No solía tomar esa clase de decisiones tan repentinas y drásticas. La que había tomado esa mañana, pero estaba convencida de que era lo correcto.

Entró en el despacho de Guthrie.

−¿Qué puedo hacer por ti, Taryn?

Tomaron asiento y entonces, de pronto, Taryn no fue capaz de encontrar las palabras adecuadas.

−Tengo que dejar Hunter Broadcasting −dijo sin más, mirándole a los ojos.

−¿Algún problema con el personal?

−Con la dirección. Con Cole.

Guthrie la miró unos segundos.

−Hablaré con él −dijo, apretando un botón−. Quédate. Lo resolveremos.

−No es buena idea −Taryn se puso en pie−. Cole no cree en mi proyecto. No voy a emplearme a fondo si está haciendo todo lo que puede para cortarme las alas.

Guthrie lo intentó de nuevo.

−Mi hijo puede parecer un poco brusco a veces, pero debajo de todas esas aristas, lo único que quiere es hacer que las cosas salgan bien.

−Te creo. Pero en este caso no funciona.

−Taryn, ¿seguro que no hay nada más? Me quedé muy preocupado aquel día cuando regresasteis del viaje antes de tiempo, pero…

−Lo que haya podido pasar entre nosotros no cambia su actitud en el trabajo, ni entonces ni ahora. No estoy contenta aquí. Me marcho hoy de la empresa.

***

A pesar de la intensa lluvia, Taryn se había aventurado a salir para buscar leche para gatos y un ramo de rosas de una tienda de la esquina. Estaba colocando las flores en un jarrón cuando alguien llamó a la puerta.

Abrió y el corazón le dio un vuelco. Cole Hunter estaba en el umbral, con cara de pocos amigos.

–¿Qué significa eso de que te marchas? –le preguntó, dando unos golpecitos en el suelo con la punta metálica del paraguas para quitarle el agua–. ¿No se te ocurrió consultarme?

–Considérate consultado –con la mano sobre el picaporte, Taryn dio un paso atrás–. Espero no ser descortés, pero estaba en mitad de algo muy importante.

–¿Buscando otro trabajo?

–Dándole de comer al gato.

Taryn intentó cerrar la puerta, pero un pie se interpuso entre la puerta y el marco.

–No tienes por qué marcharte.

–Es mi decisión, Cole. Quiero irme. ¿Por qué has venido? Nunca te gustó mi idea. Has hecho todo lo que has podido para echar abajo mi proyecto.

–Déjame entrar y hablamos de ello.

–No te voy a dejar entrar. Date de plazo hasta la semana que viene. Para entonces ya se te habrá olvidado todo esto.

Cole se frotó la cara.

–Mira. Siento haber tenido que hacer esos recortes.

–No tiene importancia. Todo está olvidado. Y ahora, por favor, márchate.

Él miró soltó el aliento.

–No puedo hacer que las cosas sean de otra manera. Sabías cómo era mi vida desde el principio.

Taryn cerró los ojos y sacudió la cabeza. Si se sentía culpable por cómo la había tratado, era su problema.

–Déjame entrar. Hablaremos…

Él dio un paso adelante y ella se movió al mismo tiempo, intentando cerrar la puerta. La barrera de Cole, sin embargo, resultó más eficaz que la que había utilizado antes. Estiró el brazo y, sin disculparse siquiera, la agarró de la cintura, tirando de ella hasta tenerla contra el pecho.

Taryn abrió la boca para protestar, pero, en una fracción de segundo, él tomó sus labios. Sujetándole la nuca con la palma de una mano, le besó largo y tendido. Llamas de luz bailaban y corrían por las venas de Taryn, derritiéndole los huesos, dejándola como una muñeca de trapo en sus brazos.

De pronto sintió su miembro, cada vez más duro, contra el abdomen, y entonces recuperó las fuerzas. Apretando los puños, le empujó en el pecho, pero era como intentar mover una montaña. Él estaba ganando la batalla.

Cuando ladeó un poco más la cabeza, sintió el roce de su barba áspera contra la mejilla y, poco a poco, notó que la lucha la abandonaba. Él estaba tan decidido que no había mucho que hacer.

Sus besos de hombre de las cavernas no la harían cambiar de opinión, no obstante. Nunca. Jamás.

De repente, bajo la lluvia insistente, oyó otro ruido. Era su teléfono móvil. Pero él no contestó, sino que siguió dándole besos en la comisura del labio al tiempo que dibujaba un círculo sobre su espalda. El móvil, sin embargo, no dejaba de sonar. Taryn le sintió vacilar. A su lado, Muffin maulló dos veces.

Cole la soltó por fin. El gesto firme de su mandíbula dejaba claro que aquello no había terminado.

Cole levantó una mano para pedirle que le diera un segundo, miró la pantalla, escuchó los mensajes del buzón de voz y entonces se apretó el oído con un dedo para poder oír a pesar de los truenos. Se vio la vuelta para concentrarse en los negocios.

Taryn parpadeó. Pensó. Había tomado una decisión, así que cerró la puerta y pasó el pestillo.

No volvió a abrirla, aunque él llamara con fuerza.

Con dos cervezas frías en la mano, Cole se sentó junto a Brandon. Alzando la voz por encima del murmullo del pub, le dio la suya.

–Judge y yo hemos agotado todas las pistas del tipo que se metió debajo del coche. Si tenía algo que ver con los incidentes previos y con este último, entonces el que dirige todo esto ha hecho un buen trabajo cubriendo los rastros. Les he puesto vigilancia a Guthrie y a Tate. También quise ponérsela a tu madrastra, pero se negó.

Cole asintió y se bebió un trago de cerveza.

Brandon le dio todos los detalles sobre los pasos siguientes que iba a dar. Cole absorbió toda la información de manera mecánica, pero sus pensamientos no hacían más que desviarse.

–¿Alguna pregunta?

Cole parpadeó.

–¿Sobre qué?

–No has oído ni una palabra, ¿no? Lo que te preocupa debe de ser muy importante.

Cole movió el botellín en el aire.

–Es una mujer. Taryn Quinn.

–Lo has estropeado todo, ¿no?

–Lo he dejado pasar.

Le contó toda la historia, de principio a fin.

–Vaya. No me extraña que ella te haya dado un portazo. Te acuestas con ella como si no hubiera mañana y entonces la ignoras como si no la conocieras. Y para colmo, haces toda clase de recortes en su programa.

Cole arqueó una ceja y tragó algo de cerveza.

–Sí. Más o menos eso es todo.

–Te diré lo que pienso. Creo que esta chica está enamorada de ti. Y apuesto a que tú también la quieres.

Después de un momento de profunda sorpresa, Cole dejó escapar una risotada.

–¿Recuerdas con quién estás hablando? Yo nunca he estado enamorado –levantó un dedo a modos de advertencia.

–A veces las cosas pasan así, rápidamente, como un mordisco de serpiente.

Cole se terminó la cerveza y dejó el botellín sobre la mesa.

–No veo ningún anillo en tus dedos.

–A lo mejor es porque no he encontrado a la persona adecuada.

Esas palabras retumbaron en su cabeza.

Al día siguiente era sábado. Cole estaba a punto de sentarse en el sofá cuando sonó el teléfono fijo.

El único que se sabía el número fijo era Tate, y se lo sabía de memoria. Un escalofrío le recorrió la espalda. El timbre cesó y entonces empezó a sonar de nuevo. Descolgó de inmediato.

–Papá no está en casa y mamá dice que hago demasiado ruido –le dijo esa dulce vocecilla desde el otro lado de la línea–. Está cansada. ¿Puedes venir a jugar conmigo?

Cole se frotó la mandíbula. Tomó una decisión.

–¿Estás viendo la tele, colega?

–Sí. Bob Esponja acaba de empezar –Tate se rio.

–Cuando termine la serie, estaré ahí.

En cuanto llegó le dijo a la siniestra de Nancy que Tate y él pasarían el resto del día fuera. Eloise ni siquiera se molestó en bajar para desearles que pasaran un buen día. Vestido con una camiseta de color rojo brillante, Tate parecía un angelito sentado en el asiento del pasajero mientras se dirigían hacia el parque en el que había estado con Taryn.

Cole aparcó y tomó la pelota de fútbol que había llevado consigo. Comieron unos perritos calientes y después se pusieron a jugar.

Cerca de una hora más tarde Cole sintió que sonaba su móvil.

–A lo mejor es tu padre –le dijo a Tate.

Contestó sin mirar la pantalla, no obstante, y enseguida se dio cuenta de que no se trataba de la voz que esperaba oír.

–Hola. Soy Liam Finlay.

–¿Qué sucede?

–Mis abogados están conmigo. Hay otro conflicto. Página 103, punto 24.

Cole buscó en su mente. Trató de identificar la sección.

Liam le dijo que la asociación de jugadores no estaba conforme con su cuota, teniendo en cuenta la cláusula de exclusividad relativa a los partidos televisados en directo. Cole insistía en que no tenía intención de incrementar esa cifra, pero Liam le dio un ultimátum: podía darle una respuesta inmediata o ir a la oficina para hablarlo personalmente.

Una pelota golpeó a Cole en la espinilla de repente, en la misma pierna en la que tenía esa cicatriz que le había hecho la casita que se le había caído encima cuando era niño. De repente recordó a sus hermanos; Dex, Wynn, Tate...

Levantó la cabeza. Miró a la derecha y a la izquierda. Presa del pánico, giró trescientos sesenta grados. Miró arriba, abajo, detrás de los bancos del parque, y de los árboles. Tate no estaba por ningún lado. Localizó su teléfono. Estaba en el suelo, a unos metros de distancia. Miró a su alrededor de nuevo, recogió el teléfono y frunció el ceño al oír el ruido que provenía del altavoz. ¿Finlay seguía hablando? Sin pensárselo dos veces, terminó la llamada.

En el aparcamiento, a unos cuarenta y cinco metros de distancia, una enorme furgoneta negra daba marcha atrás. Las ventanillas tenían cristales tintados, pero, a través del parabrisas pudo ver a un conductor peludo con unas gafas de sol oscuras que le cubrían casi todo el rostro. Su padre le había dicho que uno de los hombres que había intentado secuestrar a Tate tenía mucho pelo, y que llevaba gafas negras.

Cole echó a correr. Oyó que alguien gritaba el nombre de Tate, dos veces, tres veces. Horrorizado, se dio cuenta de que la voz provenía de sí mismo.

Se abalanzó sobre la furgoneta justo antes de que emprendiera la marcha. Golpeó la puerta corredera. El conductor se asomó por la ventanilla.

—¿Pero qué demonios hace?

Cole le agarró de la camisa y le levantó para poder hablarle cara a cara.

—Abra esa puerta. ¡Ahora!

El individuo obedeció. Cole miró dentro, pero el habitáculo estaba vacío. Bajando de la furgoneta, volvió a mirar a su alrededor. Las miradas curiosas se agolpaban a su alrededor. Miró atrás. Se frotó los ojos y trató de focalizar. Un niño pequeño iba hacia él con una pelota sujeta bajo el brazo. Tate parecía no haberse enterado de nada.

—No te preocupes, Cole. Yo nunca te dejaré. Te quiero. Lo sabes.

La sonrisa de Cole se hizo gigante. Delante de una multitud, de rodillas, con su hermano pequeño en los brazos, el director general de Hunter Broadcasting se rindió.

Capítulo Trece

—Gracias por venir conmigo, cielo. Sé que estás muy ocupada actualizando tu currículum.

Aparcando el coche, Taryn miró a su tía, que estaba a su lado con su mejor bolso entre las manos.

—Pasar la mañana contigo es mucho más divertido. Tan solo me pregunto cuándo te dio por interesarte por el estilo náutico.

—Es hora de hacer algún cambio.

Taryn miró las fachadas de las tiendas situadas en el paseo marítimo. La calle estaba llena de gente.

Mientras atravesaban el aparcamiento, su tía examinó el panfleto de nuevo.

—Según dice aquí, la tienda está hacia el otro lado. Solo quiero mirar un poco primero. No voy a decantarme por nada hasta haber mirado todas las opciones.

En ese momento estaban pasando por delante de una cafetería. El escaparate estaba lleno de suculentos pasteles. Su tía aminoró la marcha.

—¿Tomamos un café antes de ir a la tienda?

—Claro. Necesito cafeína.

—Voy a echarle un primer vistazo a esos muebles. Tú pide algo rico y te veo aquí en diez minutos.

—Tómate tu tiempo.

Taryn se dirigió hacia una mesa de la terraza. Después de mirar la carta, hizo el pedido.

Era inevitable pensar en Cole… Nadie había hecho latir su corazón como él. Seguramente la angustia que sentía desaparecería con el tiempo, pero, al recordar aquella noche extraordinaria que habían pasado en la playa, no era capaz de imaginarse sin él.

A lo mejor nunca volvería a enamorarse.

La brisa arrastró una flor hasta el pie de la mesa contigua. Era una flor enorme y roja, como aquella que el niño le había dejado en el bungaló. Inclinándose, Taryn miró los pétalos.

Iba a agacharse para recogerla cuando los cafés y el pastel aparecieron ante sus ojos. Las manos que sostenían el pedido, sin embargo, no eran las de la camarera. Y conocía muy bien esas manos, y ese reloj.

—¿Desea algo más?

Taryn cerró los ojos y apretó los párpados. Cuando volvió a abrirlos, la flor estaba sobre la mesa, delante de ella. Se echó atrás en su silla y se mordió la lengua al tiempo que un hombre rodeaba la mesa y se paraba frente a ella. Cuando sus miradas se encontraron, el corazón le dio un vuelco.

—Bonita vista –le dijo Cole. La brisa agitaba su pelo oscuro.

Taryn trató de encontrar un hilo de voz.

—Estoy esperando a mi tía.

Él asintió como si eso no le importara en lo más mínimo.

—He comprado un barco.

—¿Tienes pensado navegar por la bahía?

—En realidad, pensaba salir a navegar hacia aguas más profundas.

—¿Como cuáles?

—Ulani.

Taryn parpadeó.

—¿Por qué?

—Siento curiosidad por saber si esas tortugas salieron del cascarón. Debe de ser una pesadilla compartir espacio con todos esos hermanitos.

Taryn le miró de reojo.

—¿Y qué pasó con todas tus responsabilidades? ¿Han atrapado al que atentó contra tu padre?

—Todavía no, pero tengo mucha fe en Brandon.

—¿No tienes miedo de que pase algo mientras estés fuera?

—Me preocuparé, pero no más que mis hermanos. Teagan dice que quiere venir. Me alegré de hablar con ella después de tanto tiempo.

—¿Y qué pasa con Tate?

—Está bien, a salvo. Todo está listo para que se vaya con Dex. Yo me quedaré a hacerle compañía hasta que se vaya. No deja de hablar de Disneylandia.

—¿Y qué pasa con tus compromisos de trabajo? ¿Y lo de Los Ángeles?

—Sí, bueno —Cole se tiró de la oreja—. Puede que haya exagerado un poco. Me equivoqué al despreciar tanto el trabajo de Dex, y el de Wynn también. Lo cierto es que los dos están haciendo lo que pueden en unos tiempos difíciles.

Taryn no daba crédito a lo que oía.

—¿Y qué te ha hecho alcanzar esa conclusión?

—Bueno, digamos que me han inyectado una buena dosis de «aprecia lo que tienes porque a lo mejor mañana ya no está» —buscó su mirada—. Taryn, tengo que disculparme. Tenías razón. Ya había tomado una decisión respecto a tu programa y nada podía cambiarla. Pero debería haberle dado una oportunidad. Debería haberle dado una oportunidad a muchas cosas. Debería haber creído en muchas cosas.

Taryn sintió que los músculos del estómago se le contraían al ver la intensidad de su mirada.

—¿Y qué pasa con el contrato de la liga?

—Al final le dije a Finlay que aceptaba sus condiciones. Todo está resuelto para los próximos cinco años.

Taryn comenzó a sacudir la cabeza lentamente. ¿Lo había resuelto todo tan rápido, y con tanta facilidad? No podía ser cierto.

—Pero tienes que ocuparte de las cosas del día a día. Hay muchas cosas que supervisar…

—Roman ha sido ascendido de forma permanente. Tiene experiencia de sobra para asumir el puesto. Estoy seguro de que hará muy buen trabajo como director general de Hunter Broadcasting.

Taryn arqueó las cejas. Se alegraba por Roman, pero no podía creerse lo que le estaba diciendo.

—No me puedo creer que…

—¿Que me haya tomado esas vacaciones tan merecidas?

Taryn no supo qué decir durante una fracción de segundo.

—¿Te caíste y te golpeaste la cabeza?

—Llevo años sin pensar con tanta claridad. Ven conmigo.

Taryn miró la flor y entonces sintió que la cabeza comenzaba a darle vueltas.

—Gracias por la invitación, pero me quedo donde estoy.

Agarró su taza de café y le dio un sorbo. Cole no se dio por vencido, no obstante.

–Taryn, no te culpo si no quieres venir, pero te lo pido… por favor. Ven dos minutos. Eso es todo.

Taryn dejó la taza sobre la mesa.

Sabía que debía mantenerse firme, pero también sentía curiosidad.

Cuando él le ofreció una mano, se movió para ponerse en pie. Simplemente echó a andar junto a él, rumbo al muelle. Se acercaron a un embarcadero que albergaba un flamante catamarán a motor. El nombre del barco estaba escrito con llamativas letras de color azul: *Break Out.*

–Bueno, ¿qué te parece?

–Es precioso.

–Tú sí que eres preciosa.

Taryn le miró a los ojos. Él sonreía. Tenía ese brillo en la mirada que decía que estaba a punto de besarla.

–Estoy segura de que disfrutarás de muchos viajes maravillosos en tu barco –le dijo ella, apartándose–. Tengo que volver.

–¿Quieres venir?

–No. No quiero ir.

–Hice que los carpinteros construyeran un pequeño cuartito para gatos.

Taryn parpadeó. Dejó escapar una carcajada.

–Cole, primero, no creo que puedas llevar gatos en un barco. Además, saltarían y se ahogarían.

–Entonces yo me los quedo.

Al oír esa otra voz, Taryn se volvió.

Vi estaba lo bastante cerca como para haber oído la mayor parte de la conversación.

–Ya sabes que me encantan los gatos –dijo su tía, encogiéndose de hombros.

Taryn la miró, perpleja. ¿Era una conspiración?

–Sabías esto, ¿no? Me has traído aquí a propósito para que Cole pudiera encontrarse conmigo.

–Contacté con Vi y le pedí ayuda.

–Me marcho.

Antes de llegar hacia donde estaba su tía, se tropezó con un hombre. Era un mensajero vestido de uniforme.

–¿Es usted Taryn Quinn?

Ella frunció el ceño y asintió.

–¿Quién lo pregunta?

El hombre le entregó un enorme ramo de flores. Enormes capullos de color escarlata. Una emoción intensa la embargó. Se le hizo un nudo en la garganta. Estaba dispuesta a dar media vuelta y a devolverle las flores a la persona que sin duda se las había regalado, pero entonces se le acercó otro repartidor, y otro más. Ambos sostenían ramos similares. Y los hombres y los ramos no dejaban de llegar.

Cuando ya no le cabían en las manos, Cole les pidió a los repartidores que los colocaran sobre la cubierta del barco. Abrumada, Taryn miró hacia el final del muelle. Debía de haber unas diez furgonetas de floristerías aparcadas.

Cole le quitó los ramos de las manos y se los entregó a los mensajeros para que los colocaran junto a los demás. Buscó sus manos y la besó en el dorso de las muñecas.

Una lágrima se le deslizó por la mejilla a Taryn.

–Tú eres de los que regalan joyas.

–Y ahora quiero darte una.

Del bolsillo de atrás de sus pantalones sacó una pequeña cajita aterciopelada. Abrió la tapa y le mostró lo que había dentro. Era un anillo con un enorme diamante, rodeado de dos zafiros de Ceilán del color de la bahía de la isla.

–Tú eres esa persona especial a la que estaba esperando, la mujer que quiero que sea mi esposa, la madre de mis hijos… –sonrió de oreja a oreja–. Cuando no estemos surcando los mares, quiero decir… A partir de este momento, tengo intención de asumir y de apreciar la responsabilidad más grande de la vida: amar y cuidar a la mujer a la que adoro –la tomó de la mano–. Taryn, no puedo dormir. No puedo comer. Apenas puedo pensar cuando no te tengo cerca. Te necesito en mi vida, como compañera, como amiga.

Le puso el anillo en el dedo y entonces apoyó la palma de su mano contra su propia mejilla, buscando su mirada y esperando una respuesta.

Taryn miró atrás. Su tía la observaba, sujetando el bolso con fuerza contra el pecho. Detrás de ella estaban todos esos repartidores, esperando. Una multitud de curiosos se había reunido a su alrededor.

Taryn respiró profundamente y entonces se volvió lentamente.

–Te quiero –dijo y dejó escapar un suspiro que más bien fue un sollozo.

Él no perdió ni un segundo. En un abrir y cerrar de ojos la estrechó entre sus brazos.

–Esto es solo el comienzo, nuestro comienzo. Estaba pensando en una ceremonia en el mar, pero tú decides –sonrió de oreja a oreja–. Tú estás al mando.

De repente la tomó en brazos y la gente comenzó a

aplaudir y a silbar. Rodeado del jolgorio, la llevó a bordo de la embarcación. Se detuvo en la cubierta.

–Hay una tradición para los recién casados.

–Dame una pista –le dijo ella, deslizando una mano por su mandíbula firme.

–Te daré mucho más que eso –Cole la levantó un poco más y entonces la besó.

Taryn era consciente de los vítores de la multitud que se agolpaba en el muelle, pero sus pensamientos se dirigían hacia esa promesa de futuro que sentía en los labios de su prometido.

Epílogo

Más tarde en Los Ángeles...

Dex Hunter dejó a un lado su hamburguesa de queso con patatas para ver un mensaje en el teléfono móvil. Cuando desplegó el texto estuvo a punto de atragantarse. En el mensaje le informaban de una invitación a una boda, la boda de su hermano Cole.

Además, el pequeño Tate iba a hacerle una visita, así que por fin podrían ir a Disneylandia. Estaría en Los Ángeles en una semana.

Dex casi escupió el trago de café que había tomado.

Una semana.

Miró su agenda a partir de ese domingo. Tenía un estreno al que no podía faltar, un par de eventos benéficos, reuniones con directores financieros... Tendría que reorganizar unas cuantas cosas.

De repente alguien le dio una palmadita en la espalda. El café que se estaba tomando salió lanzado hacia delante y aterrizó sobre el mantel. Dex sacudió su mano abrasada y húmeda.

–Oh, no. Oh, Dios, ¿te encuentras bien?

Una camarera con una exuberante melena de color caoba recogida en dos coletas se detuvo frente a él. Llevaba unas bailarinas blancas y un uniforme que le hacía muy poca justicia a unas curvas evidentes.

Se sacó un trapo del delantal y le secó la mano y la manga.

–Por favor, no se lo digas a nadie –le susurró, mirando a su alrededor con temor.

Tenía los ojos verdes, y sus pestañas eran enormes.

–Hoy ya se me cayó un plato de tacos.

Dex intentaba no hacer la típica pregunta muy a menudo, pero en ese caso no pudo evitarlo.

–¿Alguna vez has pensado ser actriz?

La chica continuó limpiándole la manga con el trapo.

–No sería capaz de recordar ni dos líneas, pero no vine aquí para eso, aunque sí he registrado mi nombre en un par de agencias.

Dex arqueó una ceja. ¿Era nueva en la ciudad?

Cuando se puso erguida, vio que era muy alta, y esos pómulos…

–¿Modelo?

–Niñera –esbozó una enorme sonrisa–. Les caigo bien a los niños. Y a mí me gustan mucho también.

Devolviéndole la sonrisa, Dex comenzó a hacer planes. Sacó una tarjeta de identificación y se la entregó. Sin duda ese día tenía un ángel de la guardia cuidándole.

Deseo

LA NOCHE DE CENICIENTA

KAREN BOOTH

El empresario Adam Langford siempre conseguía lo que quería. Y quería a la rubia con la que había compartido su cama un año antes y que después desapareció. Ahora un escándalo de la prensa del corazón devolvía a Melanie Costello a su vida… como su nueva relaciones públicas, aunque el auténtico titular sería que saliera a la luz su ardiente secreto.

Mejorar la imagen rebelde de Adam era todo un reto y, mientras lo lograba, ¿cómo iba Melanie a ocultar la química que había entre ellos? ¿Sería capaz de arriesgarlo todo por el único hombre al que era incapaz de resistirse?

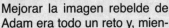

¡Había sido una aventura de una noche!

¡YA EN TU PUNTO DE VENTA!

Acepte 2 de nuestras mejores novelas de amor GRATIS

¡Y reciba un regalo sorpresa!

Oferta especial de tiempo limitado

Rellene el cupón y envíelo a

Harlequin Reader Service®
3010 Walden Ave.
P.O. Box 1867
Buffalo, N.Y. 14240-1867

¡Sí! Por favor, envíenme 2 novelas de amor de Harlequin (1 Bianca® y 1 Deseo®) gratis, más el regalo sorpresa. Luego remítanme 4 novelas nuevas todos los meses, las cuales recibiré mucho antes de que aparezcan en librerías, y factúrenme al bajo precio de $3,24 cada una, más $0,25 por envío e impuesto de ventas, si corresponde*. Este es el precio total, y es un ahorro de casi el 20% sobre el precio de portada. ¡Una oferta excelente! Entiendo que el hecho de aceptar estos libros y el regalo no me obliga en forma alguna a la compra de libros adicionales. Y también que puedo devolver cualquier envío y cancelar en cualquier momento. Aún si decido no comprar ningún otro libro de Harlequin, los 2 libros gratis y el regalo sorpresa son míos para siempre.

416 LBN DU7N

Nombre y apellido	(Por favor, letra de molde)

Dirección	Apartamento No.	

Ciudad	Estado	Zona postal

Esta oferta se limita a un pedido por hogar y no está disponible para los subscriptores actuales de Deseo® y Bianca®.
*Los términos y precios quedan sujetos a cambios sin aviso previo.
Impuestos de ventas aplican en N.Y.

SPN-03   ©2003 Harlequin Enterprises Limited

Bianca

Ella era la única mujer a la que no podía tener...

Tyr Skavanga, soldado y heredero de una mina de diamantes, por fin ha vuelto al río norte. Atormentado por las terribles escenas de la guerra, se ha hecho más duro y solitario, pero hay una persona que desafía sus defensas, la última persona a la que espera ver.

¡Y la única mujer a la que desea!

La princesa Jasmina de Kareshi, con su belleza exótica y su inocencia, está completamente fuera de su alcance. Al igual que Tyr, tiene una reputación que proteger, pero tal vez el mayor reto para ambos sea luchar contra la atracción que hay entre ellos...

Diamante prohibido

Susan Stephens

¡YA EN TU PUNTO DE VENTA!

Deseo

SIGUE A TU CORAZÓN

MAUREEN CHILD

Connor King era un exitoso hombre de negocios, un millonario taciturno y… ¿padre? Cuando descubrió que era padre de trillizos se sintió traicionado y decidió conseguir la custodia de sus hijos, aunque ello significara enfrentarse a su atractiva tutora legal, Dina Cortez.

Dina había jurado proteger a Sage, Sam y Sadie. Pero ¿quién la protegería a ella de los sentimientos que el perturbador y arrogante señor King le provocaba? Una vez se mudara a vivir con los niños a la mansión de Connor, ¿cómo podría ignorar que su cama estaba a apenas un latido de distancia?

Friends of the
Houston Public Library

Tres hijos y una atractiva tutora legal...

¡YA EN TU PUNTO DE VENTA!